À LA POURSUITE DE DEMAIN

Le roman du film

L'édition originale de cet ouvrage a paru en langue anglaise
chez Disney Press, sous le titre :
Tomorrowland
Texte d'Elizabeth Rudnick.
Basé sur un scénario de Damon Lindelof et Brad Bird,
une histoire de Brad Bird, Damon Lindelof et Jeff Jensen.

Traduit de l'anglais par Olivier Gay
Conception graphique : Audrey Thierry

Hachette Livre, 58 rue Jean Bleuzen, 92178 Vanves cedex.

Disney

À LA POURSUITE DE DEMAIN

Le roman du film

hachette
JEUNESSE

PARTIE I

HIER

CHAPITRE UN

Pittsfield, New York, 1964

L'été dans le nord de l'État de New York ne dure jamais longtemps. Pour les fermiers, c'est une course contre le temps pour engranger l'argent et la nourriture qui leur permettront de passer l'hiver. Alors, dès que la température s'adoucit, tout le monde se précipite dans les champs pour travailler.

Enfin, presque tout le monde.

Frank Walker, dix ans, préfère bricoler dans la grange au lieu d'aider son père. Au-dessus de lui, la vieille girouette rouillée couine en accompagnant le vent du matin. Mais le garçon lui prête peu attention. Il est trop occupé à terminer son projet.

Un sourire apparaît sur son jeune visage lorsqu'il regarde l'objet devant lui. Ses yeux en brillent d'avance. Il a travaillé tout l'été pour en arriver là !

Frank prend une grande inspiration et passe la main dans ses cheveux bruns ébouriffés. Il enfile un vieux casque de football équipé d'une paire de lunettes. Son invention est un jetpack qui va lui permettre de voler !

La machine n'est pas très impressionnante au premier abord. Frank a dû utiliser tous les déchets métalliques qu'il a pu trouver, et c'est lui qui a fait les soudures. Du coup, l'objet ressemble un peu à une version métallique du monstre de Frankenstein. Pourtant, le garçon a passé des heures à tailler amoureusement les ailes en métal. Et, malgré ses défauts, son invention a l'air en état de marche.

Frank sursaute en entendant le chant d'un coq. Il a perdu la notion du temps – et il ne lui en reste plus beaucoup. Il doit sortir de la grange et rejoindre les champs avant que son père ne le trouve. Il attache sa machine sur son dos, s'empare d'un seau d'eau – il vaut mieux être prêt à tout – et part pour le pré le plus proche.

Le soleil levant illumine tout ce qu'il touche d'une teinte orangée. Sous ses rayons, l'invention brille d'une lueur futuriste. Frank prend une grande inspiration, lève les yeux au ciel et attrape la corde qui pend dans son dos.

– Je t'en prie, mon Dieu, ne me laisse pas exploser, murmure-t-il.

Il enfile ses lunettes et commence le compte à rebours.

– Dix secondes… neuf… huit…

Plus les chiffres s'égrènent, plus sa voix tremble.

– Sept… six… cinq…

Il déglutit.

– Quatre… trois… deux…

Frank tire la corde de toutes ses forces. Dans un grondement de tonnerre, le moteur démarre. Des flammes jaillissent des rétrofusées.

Ça marche !

… pas du tout, en fait.

Au lieu de projeter Frank dans les airs, la puissance du moteur le propulse à ras du sol. Le voilà qui file à travers les champs, se frayant un chemin à travers les récoltes.

– Aaaah !

Après quelques secondes qui lui semblent des heures, le moteur s'éteint dans un léger *pfft*.

Frank est le premier surpris d'être en un seul morceau. Malheureusement, ce n'est pas le cas des champs : des flammes se répandent sur sa trajectoire.

Avec un cri, le garçon se précipite vers les récoltes. Il essaie d'étouffer les flammes sous ses pieds. Il parvient à éteindre le début d'incendie… quand il réalise que quelque chose d'autre est en train de brûler !

Il jette son jetpack au sol, vide le seau d'eau dessus et les flammes disparaissent en grésillant.

Frank relève ses lunettes et regarde son chef-d'œuvre réduit à l'état de métal fumant. Il se console en se disant que toutes les inventions ne fonctionnent pas du premier coup. Einstein a essayé des centaines de formules avant de trouver $E = mc^2$. Le garçon devra simplement retourner à ses calculs, et ça se passera mieux la prochaine fois…

Frank retourne dans la grange pour réparer le réacteur sur son établi. Devant lui, le panneau accroché au mur est couvert de bandes dessinées, de croquis et de pages arrachées de magazine. Au milieu se trouve une brochure pour l'Exposition universelle prévue dans le Queens, à New York.

Le garçon travaille en écoutant un morceau des Beach Boys. Inventer, c'est sa vie. Il ne veut pas devenir agriculteur. Si seulement son père pouvait le comprendre…

Comme si elle avait été invoquée, une ombre se glisse devant la lumière. Pa se tient à l'entrée de la grange, les bras croisés. Ce véritable agriculteur ne supporte pas de voir son fils toujours entouré de gadgets.

– Le sol est brûlé dehors, déclare-t-il lorsque Frank enlève ses écouteurs.

– Vraiment ? C'est bizarre.

Pa foudroie son fils du regard. Il sait qu'il lui ment, et qu'il n'a aucune envie de travailler la terre.

– L'air se réchauffe, continue-t-il enfin. On doit commencer la récolte aujourd'hui.

– Ouais. Euh… c'est pour ça que je me suis levé tôt, improvise Frank.

Pa hausse un sourcil en montrant le jetpack.

– Je pensais qu'on avait clos le sujet.

– *Tu* as clos le sujet, proteste Frank.

– Qu'est-ce qui te fait croire que tu réussiras à le faire voler ? reprend Pa en plissant les yeux.

– Mon optimisme ?

– Tu n'es qu'un enfant !

– Karl Benz est entré en école d'ingénieurs lorsqu'il avait dix ans, explique Frank avant d'ajouter, devant l'incompréhension de son père : c'est lui qui a inventé les voitures.

– C'est Henry Ford qui les a inventées.

– Non, il les a produites.

Frank n'aurait jamais dû tenir tête à son père. Celui-ci s'empourpre et ses sourcils se froncent.

– Tu perds ton temps, grogne-t-il. Ce bidule ne marche pas.

D'habitude, le garçon abandonne toujours. Mais pas aujourd'hui – même s'il sait qu'il joue avec le feu.

– Ce n'est pas un bidule ! Et je peux le faire fonctionner !

– C'est impossible !

Devant la colère de son père, Frank recule d'un pas. Pendant un instant, tous deux se foudroient du regard. Puis le jeune garçon prend une grande inspiration.

– Je n'abandonnerai pas, murmure-t-il.

D'un mouvement brusque, Pa renverse tous les objets de l'établi. Des papiers, des outils et même des morceaux du jetpack volent dans tous les sens. Frank doit cesser de croire qu'il sera autre chose qu'un agriculteur. Il doit travailler la terre, c'est ce que fait la famille Walker.

– Si tu veux utiliser ton optimisme, sers-t'en pour les récoltes de ce champ !

Il quitte la grange en laissant derrière lui un Frank furieux, qui se sent piégé. Comment prouver à son père qu'il est doué pour inventer ? Il pourrait aider à sa manière, si Pa le laissait faire !

Soudain, son regard s'arrête sur un vieil engrenage posé sur son établi, et il sourit.

Pa se cuit des œufs dans la cuisine en rejouant la scène précédente dans sa tête. À chaque fois qu'il a tenté de raisonner Frank, ça s'est terminé de la même manière.

Soudain, il s'interrompt, une assiette à la main. Il vient d'entendre le bruit d'un moteur de moissonneuse-batteuse. Pa regarde par la fenêtre et écarquille les yeux. La machine se déplace à travers champs… et il n'y a personne au volant !

Il se précipite dehors, poursuit la moissonneuse et s'accroche à une portière pour se hisser sur le côté. C'est l'un des gadgets étranges de son fils qui est aux commandes !

Il passe la main par la fenêtre et arrache la clé de contact pour arrêter la moissonneuse. Furieux, Pa s'empare d'une enveloppe scotchée au tableau de bord. Dedans, il trouve la brochure pour l'Exposition universelle de 1964 qui était accrochée sur le panneau de Frank. Son slogan apparaît en première page : *La Porte vers l'Imagination.*

Dessous, de son écriture enfantine, Frank a ajouté : *Je n'abandonnerai pas.*

CHAPITRE DEUX

Frank regarde par la fenêtre du bus, qui se fraie un chemin dans les faubourgs du Queens. Il n'a jamais vu autant de gens de sa vie. Des touristes sont venus du monde entier pour l'Exposition universelle. Lorsque le bus se gare devant l'entrée principale, Frank jette son sac sur son épaule et entre dans le meilleur parc d'attractions de l'univers !

Où qu'il regarde, il voit des inventions incroyables. Des stands proposent les technologies les plus récentes, des voitures, et même des répliques de dinosaures grandeur nature !

Des visiteurs s'assoient dans des chaises mobiles qui glissent devant des représentations 3D de ce que pourrait être la vie dans le futur. Plus loin, Ford présente sa nouvelle voiture : la Mustang.

Frank est au paradis. Il s'approche d'un homme, debout devant une grande machine qui ressemble à un flipper. De petites balles tombent à travers un labyrinthe d'aiguilles.

– Les billes suivent un chemin au hasard, précise l'homme. Mais l'informatique avancée calcule l'endroit exact où elles vont atterrir.

Il marque une pause dramatique.

– Mesdames et messieurs, le pouvoir de la prédiction !

Frank applaudit avec la foule. Son esprit est en ébullition. Pouvoir prédire l'avenir ? Changer le destin, choisir un autre chemin ? Le futur offre tant de possibilités. Il veut savoir ce que lui réserve le destin. Et pour ça, d'après la brochure, il doit trouver le stand des Inventions...

Il le repère facilement : une longue file de gens, avec des inventions et des gadgets à la main, s'étire devant un bâtiment. Frank y prend place en serrant son sac contre lui. La queue avance à une allure d'escargot, mais il s'en moque.

Il est arrivé jusqu'ici, il n'en est plus à quelques minutes près.

Enfin, le voilà à l'intérieur. Les candidats se promènent avec leur invention en espérant impressionner les juges qui se tiennent au fond de la salle. Une large bannière annonce : *Exposition d'inventions amateurs – premier prix, cinquante dollars.*

Frank prend une grande inspiration et se rapproche du seul juge disponible. C'est un homme charismatique aux yeux verts, calme au milieu du chaos. D'après la plaque devant lui, il s'appelle David Nix.

– Puis-je vous aider ? demande-t-il.

– Bonjour, monsieur, répond poliment le garçon. Je m'appelle John Francis Walker. Je suis ici pour gagner les cinquante dollars.

Une lueur d'intérêt s'allume dans les yeux de Nix. Le garçon a confiance en lui, c'est évident. Le juge ne sait pas s'il doit être impressionné ou refroidi.

– Tiens donc ? dit-il finalement.

Frank ouvre son sac et commence à sortir plusieurs pièces. Tout en les assemblant, il reprend la parole :

– Je l'ai démonté à cause du compartiment

à nitrogène, vu les secousses du voyage en bus. J'aurais pu utiliser un moteur à hydrogène péroxyde, mais les laboratoires Bell ont essayé avec leur ceinture-fusée et j'imagine qu'il y avait des problèmes en termes de manœuvrabilité, d'autonomie, tout ça…

Il s'interrompt le temps d'emboîter le dernier mécanisme, puis montre le résultat au juge.

– C'est un jetpack.

Nix regarde silencieusement la machine, impressionné par la qualité du travail. Ce n'est pas un jouet. On dirait l'œuvre de quelqu'un de bien plus âgé. Lorsqu'il s'apprête à parler, une voix l'interrompt :

– C'est toi qui as fait ça ?

Frank se retourne et se trouve nez à nez avec une fille qui doit avoir un an de plus que lui. Elle est jolie, avec son teint de porcelaine et ses cheveux sombres en queue-de-cheval. Soudain, Frank se sent très intimidé.

Nix, lui, n'a pas l'air ravi de cette interruption.

– Athena, qu'est-ce que tu…

– Alors, c'est toi ? insiste-t-elle en interrompant à nouveau le juge.

Frank la regarde, bouche bée. Son cœur bat bizarrement, et il n'arrive pas à parler.

– Euh… quoi ? bredouille-t-il enfin.

– C'est toi qui l'as fabriqué ? répète Athena.

– Oui ? murmure Frank comme s'il posait une question.

– Pourquoi ?

Soudain, Frank réalise qu'une fille s'intéresse à son invention. Une fille ! C'est génial !

– Je suppose que j'en avais assez d'attendre qu'on le fasse pour moi, répond-il d'un ton blasé.

Athena sourit. Frank lui rend son sourire… et ne parvient pas à s'arrêter. Il pourrait rester là toute la journée, à ricaner bêtement.

Nix, lui, n'a pas l'air du même avis.

– Est-ce qu'il fonctionne ? demande-t-il en rompant le charme.

– Euh… bien sûr, balbutie Frank, hésitant. Globalement. C'est juste que… vous voyez… il ne vole… pas vraiment… pas encore.

La réponse ne semble pas satisfaire Nix.

– Et s'il fonctionnait, quel serait son objectif ? continue-t-il pour tester Frank. En quoi ton jet-pack améliorerait le monde ?

– Eh bien, euh…, marmonne Frank en cherchant quoi dire. Est-ce que ça ne peut pas juste servir à s'amuser ?

C'est visiblement la mauvaise réponse. Nix plisse les yeux et joint les mains devant lui.

– Monsieur Walker, commence-t-il, l'expression sérieuse. Pensez-vous que la roue servait à s'amuser ? Ou l'ampoule électrique ? Ou le remède contre la polio ? Ah, voilà qui était hilarant. Rassurez-moi, dites-moi que vous pouvez faire plus que vous amuser.

Frank est stupéfait. Cet homme, ce scientifique… ce juge se moque de lui ! Il sent la colère monter. On se moque déjà assez de lui à la maison. Il est venu à cette foire pour être pris au sérieux, par des gens sérieux. Hors de question de laisser passer cette insulte. Il bombe le torse et se rapproche de Nix.

– Si je me promenais dans la rue et que je voyais un gamin avec un jetpack en train de voler au-dessus de moi, je croirais que tout est possible. Je me sentirais… inspiré. Est-ce que ça n'améliorerait pas le monde, ça ?

Le silence s'étend, et le scientifique finit par hocher légèrement la tête.

– En effet, cela pourrait, admet-il. *Si* cela marchait. Malheureusement, ce n'est pas le cas. Et si votre invention ne fonctionne pas, elle ne sert à rien. Merci de votre temps, monsieur Walker.

– Mais je peux la faire marcher ! proteste Frank.

– En attendant, rétorque Nix, amusez-vous bien.

Congédié, Frank récupère son jetpack et quitte le bâtiment, déprimé.

Dans son dos, Athena le regarde avec intérêt. Nix secoue la tête.

– Certainement pas, lui dit-il.

– Je l'aime bien.

– Athéna, menace Nix. C'est non.

Le problème réglé, le juge s'occupe du prochain inventeur. Mais Athena ne quitte pas

Frank des yeux. Oui, elle l'aime bien. Beaucoup, même. En fait, c'est exactement le garçon qu'elle cherchait.

Frank se sent nul. Peut-être que son père a raison, et qu'il doit arrêter d'inventer. En soupirant, il regarde le ticket de bus dans sa main. Il est temps de rentrer à la maison.

C'est alors qu'il entend un murmure :

– Ne te retourne pas. Reste naturel.

Aussitôt, Frank fait volte-face. Athena se tient derrière lui, les yeux brillants.

– Qu'est-ce que je viens de te dire ? souffle-t-elle.

– Désolé… je… euh…, bredouille Frank.

Il n'arrive pas à prononcer la moindre phrase devant elle. Elle est si belle, si intelligente, et si mystérieuse.

– Arrête de parler, ordonne Athena. Regarde par là. À neuf heures.

Frank se tait et la regarde sans bouger.

– Imagine une pendule ? Cherche le neuf ?

Cette fois-ci, Frank comprend et se tourne… à trois heures.

Athena soupire et tend le doigt dans la bonne direction :

– Par là !

Elle lui montre Nix. Le scientifique dirige un groupe d'hommes vers l'un des petits stands.

– Je vais les rejoindre, murmure la petite fille lorsqu'elle est sûre que Frank a vu Nix. Compte jusqu'à vingt, puis suis-nous. Ne te fais pas repérer.

Frank est perdu. Pourquoi Athena ferait-elle partie du groupe de Nix ? Pourquoi ne veut-elle pas que l'homme le voie ? Et pourquoi n'arrête-t-elle pas de murmurer ? Il aime bien les mystères, mais il apprécie aussi d'obtenir des réponses.

– Désolé mais euh… qui es-tu ?

– Le futur, Frank Walker, répond-elle en souriant.

Si Frank n'était pas déjà amoureux, ça aurait suffi à le foudroyer sur-le-champ. Le futur ? Quelle réponse géniale ! D'accord, elle est bizarre mais… le futur ? Il n'arrive pas à s'en remettre. Il a toujours les yeux dans le vague lorsque Athena glisse un objet dans sa main. Ce contact le ramène à la réalité pendant qu'elle court rejoindre Nix.

Frank regarde le pin's de métal qui brille dans sa paume, gravé de la lettre T en son centre. Il le tourne et le retourne sans comprendre.

Pourquoi lui a-t-elle donné cet objet ? Et pourquoi veut-elle qu'il la suive ?

Il finit par hausser les épaules. Il n'y a qu'un moyen de le savoir... Serrant le pin's dans sa main, il court après Athena. Cette journée ne s'annonce pas si affreuse, finalement.

CHAPITRE TROIS

Frank se tient suffisamment loin pour ne pas être repéré et suit Nix dans le pavillon *Pepsi*. De la musique sort de haut-parleurs invisibles. Les paroles sont pleines de bonne humeur, prononcées par des enfants qui chantent que le monde est petit.

Et, à ce moment précis, dans ce pavillon précis, le monde semble en effet tout petit. Distrait par la chanson, Frank ne s'occupait plus de Nix mais maintenant, son groupe ne se trouve que quelques pas devant lui ! Le jeune garçon se jette derrière un panneau pendant que les autres montent dans l'un des bateaux qui avancent en file indienne dans l'attraction. Tous attachent un pin's identique au sien sur le revers de leur veste.

Le cœur battant, Frank laisse passer quelques bateaux avant de les suivre. Lui aussi accroche le pin's. Puis il attend.

Lentement, le bateau avance le long de rails sous-marins. Il dépasse plusieurs pays colorés, avec des humains animatroniques qui le saluent de la plage. Difficile de ne pas se laisser distraire ! Frank jette un œil vers le bateau de Nix…

… qui a disparu ! Le garçon regarde autour de lui, affolé. Où pourrait fuir un bateau sur rails ? Il l'a quitté des yeux une seconde, à peine. Et pourtant, Nix et Athena ne sont plus là. Lorsque son propre bateau s'approche d'une réplique de la tour Eiffel, une lumière rouge en jaillit. Elle scanne le pin's de Frank et soudain…

… le bateau tombe !

– Aaaaah !

Le garçon chute, chute, chute encore jusqu'à ce que le bateau amerrisse dans une gerbe d'eau. Il fait nuit noire. Frank déglutit et essaie d'adapter sa vue à l'obscurité.

– Euh… Bonjour ? appelle-t-il.

Soudain, Frank se retrouve au milieu d'images lumineuses animées à 360 degrés. Celles-ci se succèdent pour montrer l'évolution du monde.

– Pendant des années, l'humanité a hardiment poursuivi son destin, encouragée par sa croyance envers le progrès, rugit une voix enregistrée.

Frank bondit, surpris. Sur les écrans, des images de petites huttes laissent place à des gratte-ciel brillants de mille feux.

– Pourtant, le progrès a son revers, continue la voix. L'innovation, si elle n'est pas contrôlée, peut conduire à la destruction.

Dans un éclair de lumière et un grondement de tonnerre, les images changent. Elles se font plus sombres, plus dérangeantes. La ville disparaît lorsqu'un champignon atomique surgit dans le ciel. Frank frissonne. Est-ce que ça fait partie de l'attraction ?

– Pourtant, le destin n'existe pas, reprend la voix. Nous pouvons, et devons toujours, construire notre propre futur.

Le bateau de Frank se remet en marche. Autour de lui, les images montrent désormais les toits d'une des villes les plus célèbres du monde.

– Paris, 1889. Une Exposition universelle comme celle-ci. Quatre des esprits les plus brillants du monde, Edison, Eiffel, Verne et Tesla…

Le cœur de Frank s'emballe. Ce sont quatre de ses héros !

– … se sont réunis pour développer la plus grande ressource de l'humanité : l'imagination. Sur ces fondations, ils vont construire leur rêve… un endroit où rien n'est impossible.

La voix s'assombrit.

– Aujourd'hui plus que jamais, nous devons souhaiter un futur meilleur. Et c'est pour cela que vous avez été invité, cher voyageur. Pour qu'enfin, nous construisions ce futur.

De nouvelles images apparaissent autour de Frank, des bâtiments d'une taille impossible, des trains qui flottent dans le ciel en défiant la gravité. C'est une ville du futur, un phare d'espoir et d'inspiration. Le garçon manque tomber du bateau tant il se penche pour regarder.

Puis, tout s'éteint.

– Alors, demande la voix comme si elle avait saisi son enthousiasme. Veux-tu le voir ?

Il hoche la tête frénétiquement dans le noir. Quand il réalise que personne ne peut le voir, il ajoute :

– Euh, oui ?

C'est la bonne réponse : les lumières se rallument. Le bateau s'est amarré à une sorte de ponton. De l'autre côté, une rampe mène à une porte de verre. Frank hisse son sac sur son épaule, s'y dirige après avoir sauté du bateau. De toute façon, il n'a pas d'autre choix.

– Bon après-midi, lance une voix de femme. Ce site est actif. Pour éviter des blessures dangereuses, merci de mettre votre casque.

La porte se dérobe, et Frank se retrouve dans un ascenseur très étrange, immense et futuriste. Des harnais pendent des murs rembourrés. Des casques de chantier blancs sont entreposés sur une étagère. Le garçon se hisse sur la pointe des pieds sans parvenir à en attraper un. Pourtant, la voix lui a bien indiqué de se protéger.

– Attachez-vous, s'il vous plaît, reprend celle-ci. Le transport va partir dans dix secondes. Neuf… huit…

Frank lâche son sac et court vers les harnais. Les câbles sont emmêlés et trop haut pour lui !

– Six… cinq…

– Stop stop stop ! crie Frank.

– Deux…, continue la voix.

Au dernier moment, le garçon parvient enfin à s'attacher.

– Un.

L'ascenseur se met à vibrer. Son passager tire nerveusement sur son harnais. C'était peut-être une mauvaise idée, après tout. La pièce commence à se déformer. Frank se sent bizarre, un peu comme si son corps était fait d'argile et qu'on le remodelait. Le bourdonnement s'accentue. Frank a l'impression d'être peu à peu étiré, plié dans un angle étrange, défiant les lois de la physique.

Puis le bourdonnement s'arrête. Les vibrations cessent. Le corps de Frank retourne à la normale. Et la porte de l'ascenseur s'ouvre.

Frank en a le souffle coupé. Devant lui, baigné de soleil, se trouve un paysage différent de tous ceux qu'il a vus auparavant. Un paysage qui ressemble étrangement à la ville du futur qu'il a aperçue dans son voyage en bateau.

Où suis-je ? se demande-t-il en détachant son harnais.

La réponse est : *très très haut.* Frank se trouve sur la plate-forme d'un gratte-ciel en construction, à des dizaines d'étages de hauteur.

C'est alors qu'il aperçoit Athena. Elle se tient avec Nix et le reste du groupe, à une quarantaine de mètres, dans un véhicule qui flotte dans les airs. Lorsqu'elle croise son regard, elle hausse un sourcil, comme pour dire *qu'est-ce que tu attends ?*

Frank se met à courir alors que le véhicule commence à descendre. Au moment où il atteint l'extrémité de la plate-forme, il manque se faire heurter par une poutrelle de métal. Les robots qui sont là, en pleine construction, se moquent bien de ce petit garçon avec un grand sac à dos.

Frank reprend sa course mais un robot le déséquilibre. Il chute de la plate-forme et atterrit à l'étage inférieur dans un bruit sourd. Il était moins une !

Clang ! Son sac tombe à côté de lui, et le jetpack roule sur le côté. Frank se relève pour le ramasser lorsqu'il sent soudain quelqu'un, ou quelque chose, derrière lui.

Le garçon se tourne, lève les yeux… puis continue à les lever. Il se tient devant un robot de cinq mètres de haut ! Celui-ci a quatre bras griffus et le corps couvert de brûlures de chalumeau. L'un de ses bras articulé fonce sur Frank… et attrape son jetpack.

Le robot étudie un instant l'objet ; de nombreux outils sortent de son corps, et il commence à travailler dessus dans un grand bruit métallique.

– Hé ! crie Frank, toute peur oubliée. C'est à moi ! Qu'est-ce que tu…

Il s'interrompt brusquement lorsque le robot lui retend son réacteur.

– Est-ce que tu l'as… réparé ? demande le garçon, stupéfait.

L'opération n'a pas duré plus d'une minute.

En réponse, le robot lève son pouce en l'air. Frank sourit, aux anges.

C'est alors qu'il entend un cri :

– Le voilà !

Les gardes de la sécurité l'ont découvert !

Frank remercie le robot et se met à courir en oubliant de regarder où il va… et arrive au bout de la plate-forme. Il tombe dans le vide en lâchant son invention ! Le vent s'engouffre dans ses vêtements alors qu'il cherche un moyen, n'importe lequel, de ralentir sa chute.

Soudain, il aperçoit son jetpack dans les airs. Frank *nage* jusqu'à lui et tend la main pour attraper le harnais. Une rafale de vent écarte soudain les nuages, révélant des bâtiments de formes et de tailles incroyables. D'ici, le garçon peut voir cette cité moderne dans son intégralité !

Puis il regarde vers le bas. C'était une très mauvaise idée : le sol est à moins de deux kilomètres et se rapproche dangereusement. Frank nage en avant et attrape son jetpack. Il glisse son bras droit dans le harnais et se débat avec le gauche.

Enfin, il parvient à s'équiper. En dessous, les passants ont fini par le remarquer et crient en le montrant du doigt.

Frank appuie sur le bouton d'allumage.

Whoosh !

Les fusées de son jetpack s'allument et le projettent dans les airs. Pendant un instant, il semble s'en sortir. Puis il commence à tourner sur lui-même et finit la tête en bas. Il a l'impression de se trouver dans une machine à laver.

Frank parvient enfin à contrôler son pack et se met à voler. Il sourit jusqu'aux oreilles. Son invention marche ! Il a réussi ! Bon, d'accord, le robot l'a aidé, mais il n'empêche qu'il a réussi !

Il survole le centre-ville, fou de joie. Il flotte d'un côté, puis de l'autre, pour éviter les bâtiments. Gauche, droite, haut, bas. Dans une explosion d'énergie, il file le long d'un gratte-ciel en apercevant son reflet dans les murs en verre.

Puis il descend, plus bas, encore plus bas, jusqu'à frôler le sol d'un hôtel en construction, avant de remonter. Il ne s'est jamais autant amusé de sa vie. Rien ne pourrait gâcher ce moment.

C'est alors que les fusées commencent à faiblir. Il n'y a presque plus d'énergie !

L'estomac de Frank proteste tandis qu'il chute de plusieurs mètres, puis remonte au fil des hoquets de la machine, ce qui lui donne des haut-le-cœur. Chaque fois, le garçon se retrouve plus près du sol. Il atterrit enfin dans un filet tendu entre deux immeubles, qui sert habituellement à protéger les constructeurs qui tombent en travaillant... mais ça marche aussi pour les garçons avec un réacteur vide !

Malheureusement, le moteur est toujours brûlant. En quelques secondes, la chaleur creuse un trou dans le filet.

– Aaah ! crie Frank en reprenant sa chute.

Il heurte un auvent, puis dégringole jusqu'au sol. Dans un ultime grognement, son jetpack s'éteint enfin.

Frank reste allongé, haletant. Il agite ses membres pour vérifier qu'ils fonctionnent toujours. Rassuré, il relève la tête... et tombe nez à nez avec une paire de chaussures.

Ce sont celles de Nix. L'homme le dévisage, mi-admiratif, mi-exaspéré.

– Ça fonctionne, maintenant ! déclare Frank.

Le scientifique hausse un sourcil. Derrière lui, Athena apparaît, l'air plutôt satisfaite. Elle sourit à Frank, puis se tourne vers Nix.

– Alors ? demande-t-elle. On peut le garder ?

Il se contente de s'en aller sans se donner la peine de répondre. Mais le sous-entendu est clair : Frank va rester. Le garçon peut enfin poser la question qui le taraude depuis qu'il est sorti de l'ascenseur :

– Quel est cet endroit ?

Le sourire de la petite fille s'élargit. Frank va bientôt tout savoir de cette ville… car il est désormais un habitant de Tomorrowland.

PARTIE II

AUJOURD'HUI

CHAPITRE QUATRE

Une moto file le long d'une rue entourée de bâtiments abandonnés. Les restaurants et les magasins sont couverts de panneaux indiquant *FERMÉ* ou *EN FAILLITE*. Les trottoirs sont vides. C'est une ville triste, qui a connu des jours meilleurs.

Le motard est habitué à cette atmosphère. Il s'arrête devant une grande clôture en métal et retire son casque. Dessous, un bandana cache son visage. Il fouille dans un vieux sac à dos et en ressort ce qui ressemble à un hélicoptère télécommandé. Mais il ne s'agit visiblement pas d'un jouet ordinaire.

Le motard lance une application nommée « Interférence » sur son portable. Aussitôt, une image apparaît à l'écran, filmée par la caméra de l'hélicoptère. Lorsque l'image se stabilise, le motard envoie l'appareil dans les airs, en direction d'un poste de garde installé dans un trou de la clôture. À l'intérieur, les écrans se brouillent et les images se déforment.

Maintenant que les écrans sont éteints, le motard escalade la clôture pour atterrir de l'autre côté. C'est manifestement une routine pour lui.

Il regarde une caméra et enlève soudain le bandana, qui lui couvre le visage, dans un geste plein d'arrogance, ou de stupidité. Si le garde avait pu voir l'image, il aurait été surpris de découvrir une très jolie adolescente aux longs cheveux blonds et aux yeux bleus pétillants d'intelligence.

Satisfaite, Casey Newton prend un chewing-gum, puis remet le bandana en place. Il est temps de se diriger vers la rampe de lancement des capsules spatiales.

La plate-forme est silencieuse. Elle a été abandonnée après la réduction des budgets pour les programmes spatiaux, et plus personne ne s'en est soucié. Personne, sauf Casey. Elle sait

qu'il y a encore tant à explorer, tant de possibilités. Elle veut s'assurer que l'endroit restera le symbole d'un futur possible, même si cela nécessite de rentrer ici illégalement.

Et pour cela, elle doit empêcher son démontage.

Casey escalade l'une des grues et en ouvre le capot. Elle attrape une batterie couverte de câbles dans son sac à dos et la colle au moteur avec son chewing-gum. Puis elle sort un gadget et le met en marche. Quelques secondes plus tard, de la fumée s'échappe du moteur.

La jeune fille répète l'opération sur les autres grues et camions. Lorsqu'elle a terminé, la plate-forme est couverte de fumée et plus aucun matériel ne fonctionne.

Mission accomplie.

Avant de repartir, Casey regarde le ciel nocturne. Chaque étoile représente une opportunité pour elle. Pourtant, elles sont si loin ! Elle a beau refuser de l'admettre, elle ne pourra pas repousser indéfiniment la destruction de cette plate-forme de lancement.

Tant que j'y arrive, pense Casey en partant, *je continuerai.*

Le plus difficile dans sa mission, c'est de rentrer chez elle sans se faire repérer.

Elle se glisse par la fenêtre de sa chambre et, bien entendu, son frère Nate est réveillé. Il dirige le faisceau de sa lampe de poche vers elle.

– Nate ! murmure Casey. Si tu réveilles papa et maman, je te casse en deux !

Le garçon de huit ans reste silencieux, le temps d'analyser la menace, puis il écarte la lumière pour illuminer son propre visage.

– Tu ne devrais pas sortir de la maison, observe-t-il.

– Tu ne devrais pas avoir encore besoin d'un doudou, réplique Casey en le rejoignant.

– Maman m'a dit que je pouvais dormir avec, proteste Nate en serrant sa vieille couverture contre lui.

– Parce qu'elle ne peut pas te payer un psy.

Pourtant, le ton de Casey s'est radouci. Elle n'arrive jamais vraiment à en vouloir à son petit frère. Elle se glisse sous les draps, de son côté du lit, épuisée. Elle n'a qu'une envie : dormir.

Nate, lui, est bien réveillé et curieux.

– Est-ce que tu étais de nouveau à la plateforme ? Qu'est-ce que tu fais, là bas ?

Casey étouffe un grognement. Dans de tels moments, elle aimerait que ses parents puissent acheter une maison avec une chambre supplémentaire.

– Arrête de parler, s'il te plaît, marmonne-t-elle.

– Tu essaies de les empêcher de la détruire ? continue Nate en l'ignorant. Parce que, s'ils la démontent, personne n'ira plus dans l'espace.

– Personne ne veut plus aller dans l'espace, déclare tristement Cascy.

– Pourquoi ?

– Parce qu'ils ont abandonné.

Même dans l'obscurité, elle peut voir l'expression déçue de son frère. Il est si jeune. Il croit toujours que tout peut arriver, et que personne n'abandonne jamais.

Incapable de soutenir son regard, Casey s'installe sur le dos et observe le modèle réduit de vaisseau qui se balance au-dessus de son lit. Ses yeux se ferment et elle s'enfonce dans le sommeil en souhaitant, comme d'habitude, que quelque chose vienne changer sa vie et lui donner de nouveau de l'espoir. Vite.

La jeune fille n'a aucun moyen de savoir qu'à ce moment précis, dans sa propre cour, quelqu'un qui pourrait exaucer son souhait vient d'arriver.

L'inconnue se faufile jusqu'à la moto de Casey, s'empare du casque et le tient dans ses petites mains. Elle glisse les doigts dedans et en retire quelques cheveux qui y étaient restés coincés. Puis, elle ouvre une mallette, dans laquelle se trouve un pin's gravé d'un T. Elle en avait douze, et c'est le dernier.

La jeune fille glisse les cheveux dans une fente au-dessus du pin's. Bientôt, la boîte commence à briller d'une lueur rouge. Un petit écran digital affiche les mots : *SÉQUENCE EN COURS*, puis, après un moment : *SYNCHRONISATION TERMINÉE.*

Athena sourit.

C'est la même Athena qui a donné à Frank Walker son pin's il y a des années. Celle qui lui a fait découvrir Tomorrowland.

Et elle n'a pas vieilli d'un jour.

CHAPITRE CINQ

– Sors d'ici ! hurle une voix dans le couloir de la maison de Casey. Tes cinq minutes sont écoulées !

Casey grimace et ouvre lentement les yeux. Ses cousins Mikey et Clarissa vivent en ce moment avec eux et leurs parents. Il n'y avait déjà pas beaucoup de place, cela rend les préparatifs pour l'école encore plus difficiles, comme le reste du quotidien.

L'adolescente se lève, dépasse ses cousins en train de se disputer et va prendre son petit-déjeuner.

Bien sûr, la cuisine est dans un état chaotique. Sa mère, Jenny, court dans tous les sens, préparant les repas de tout le monde tout en enfilant son uniforme de serveuse. Casey se verse un bol de céréales en marmonnant un bonjour. Elle essaie d'oublier le bruit ambiant, mais la sonnerie du téléphone ne fait qu'amplifier le niveau sonore.

Jenny décroche. Elle écoute un instant, puis crie :

– Phil ! C'est ton travail !

Casey hausse un sourcil interrogateur en voyant son père prendre le combiné, à moitié vêtu de sa tenue de chantier. Casey regrette l'époque où il portait des costumes pour travailler. En fait, elle regrette l'époque où il aimait son travail.

Son père discute un instant avec son interlocuteur, puis raccroche en soupirant.

– Le matériel de la plate-forme est de nouveau hors d'usage, explique-t-il à sa femme.

– Bizarre. C'est la troisième fois ce mois-ci, non ? observe Jenny.

Nate jette un œil à sa sœur de l'autre bout de la pièce. Celle-ci le foudroie du regard et il revient à son petit-déjeuner.

– Au moins, tu ne travailles pas aujourd'hui, le réconforte Jenny, toujours optimiste.

– Si seulement, soupire Phil. Ils amènent du matériel de remplacement d'Orlando.

Casey grimace. Elle a fait tout ça pour rien ?

– La plate-forme ne va pas s'enfuir, remarque-t-elle en jouant avec ses céréales. Pourquoi sont-ils si pressés ? Dès qu'ils auront fini de la démonter, ils te licencieront. Alors que tu as aidé à la *construire* !

Casey ne peut cacher son émotion. Elle ne supporte pas que son père doive détruire ce qu'il a construit avec tant d'amour, qu'il ne regarde plus le ciel avec le même espoir qu'avant, ni que la vie de son père, de sa famille, *sa* vie, ait été complètement chamboulée parce qu'un programme spatial n'a plus eu de financement.

Phil remarque la douleur dans les yeux de sa fille.

– Je suis fier de l'avoir construite. Mais je trouverai un autre travail. Je suis un ingénieur de la NASA. Ça a du poids, non ?

Il fait signe à Casey et Nate de se rapprocher et se penche vers eux.

– Nous avons deux loups…

– Papaaa…, gémissent ses enfants à l'unisson.

Ils ont entendu cette parabole bien trop souvent.

– Écoutez-moi, insiste-t-il. Nous avons chacun deux loups en nous, et ils ne cessent de se battre. L'un représente l'obscurité et le désespoir. L'autre la lumière et l'espoir. Lequel gagnera ?

Sa question vise Casey. Il a besoin qu'elle comprenne.

– Celui que tu nourris, répond-elle en soupirant.

Elle aimerait croire que tout est possible lorsqu'on nourrit ses rêves. Mais après tout ce qu'ils ont traversé, c'est devenu plutôt difficile.

Malgré le discours énergique de son père, Casey est de mauvaise humeur. Elle n'est donc pas aussi attentive que d'habitude lorsque, à la nuit tombée, elle décide de saboter de nouveau la plate-forme. Elle ne voit pas les deux voitures de police garées près du poste de garde, à la recherche du moindre élément perturbateur…

À cause de cette imprudence, elle se retrouve dans une cellule de prison à attendre que ses parents l'en sortent.

Enfin, après des heures interminables, la porte s'ouvre et Casey est ramenée dans la zone de libération. Un officier se tient derrière un bureau, un cahier à la main.

– C'est toi, Newton ? demande-t-il.

– Ouais, répond Casey en essayant d'avoir l'air plus courageuse qu'elle ne se sent.

– Tu es libre. Récupère tes effets personnels dans le coin et évite les ennuis dorénavant.

Casey acquiesce nerveusement, puis attend qu'un autre policier sorte une vieille enveloppe et vide ses affaires sur la table.

– Un trombone. Un permis de conduire de l'État de Floride. Quarante-sept dollars, trente-

deux cents. Un *Twix*. Un pin's. Un paquet de chewing-gums. Signez ici.

Casey obéit à la hâte, pressée de sortir de prison. Elle ramasse les objets un par un, puis s'arrête en apercevant le pin's. Il est gravé d'un dessin d'atome en métal, avec un grand T en son centre.

– Ce n'est pas à moi, dit-elle au policier.

– Quoi ?

Elle tend les doigts vers le pin's.

– Ça. Je n'ai jamais…

À peine a-t-elle touché le métal que…

Whoosh !

Casey ne se trouve plus en prison. Elle se tient dans un gigantesque champ de blé. Au-dessus d'elle s'étend le ciel le plus bleu qu'elle ait jamais vu.

Casey lâche le badge, stupéfaite. Aussitôt, le champ disparaît et la voilà à nouveau dans la zone de libération. Elle cligne des yeux, perturbée. Est-ce que ça s'est vraiment passé ? Et, surtout, qu'est-ce que c'est que ça ? En baissant les yeux, elle aperçoit le pin's sur le sol près de son pied.

Elle le fixe un instant. Elle espère presque le voir s'enflammer ou briller d'une lumière étrange. Mais rien ne se passe. Elle prend une grande inspiration, se penche et effleure le pin's d'un doigt curieux.

Whoosh !

La revoilà dans le champ de blé. Elle le lâche et…

Whoosh !

… se trouve encore en prison. Le garde n'a rien remarqué.

OK, pense Casey. *Soit je deviens folle, soit je viens de trouver le pin's le plus cool de toute l'histoire des pin's.*

En souriant, elle reprend l'objet dans sa main. Puis elle se relève…

Whoosh !

… dans le champ de blé.

L'adolescente regarde autour d'elle. Le blé semble s'étendre à l'infini, ses tiges blondes s'agitant dans un vent léger. À l'horizon, elle aperçoit une lueur et les contours d'une énorme ville. Elle se met à marcher dans sa direction jusqu'à ce que – *bam !* – elle heurte quelque chose. Sous le choc, elle lâche le pin's…

Whoosh !

La revoilà en prison, en face d'un mur. Un homme assis sur un banc la regarde avec amusement.

C'est embarrassant, pense Casey, avant de sourire. *Mais ça en valait la peine.*

Elle ramasse prudemment le pin's avec un emballage de chewing-gum. Il est temps de rentrer à la maison et de comprendre exactement de quoi il s'agit.

D'abord, elle devra survivre au chemin du retour avec son père, qui n'est vraiment pas content. À peine s'est-elle assise sur le siège passager que Phil commence à la gronder. Elle écoute à moitié, les yeux rivés sur le pin's enroulé dans son emballage.

– Tu as pensé aux conséquences ? l'entend-elle dire. Tu devais te douter qu'il y en aurait.

Casey l'interrompt en lui montrant le pin's :

– Est-ce que tu as déjà vu ça avant ?

– Casey, je suis très en colère contre toi. Est-ce que tu comprends ?

Mais la jeune fille n'écoute absolument pas.

– Je comprends. Regarde ce pin's. Est-ce qu'il a l'air étrange ?

Furieux, Phil enlève une main du volant pour attraper l'objet. Aussitôt, Casey l'écarte.

– *Ne le touche pas !* hurle-t-elle.

Il est hors de question que son père disparaisse alors qu'il conduit.

Bien sûr, le cri de Casey le prend par surprise. Il donne un coup de volant et la voiture tourne violemment.

– Pourquoi est-ce que tu hurles ? s'exclame-t-il en tentant de reprendre le contrôle.

– Pas pendant que tu conduis, explique Casey en tentant sans grand succès de baisser la voix. C'est dangereux ! Gare-toi ! *Gare-toi !*

Phil est de plus en plus inquiet. Il se gare sur le côté de la route, puis se tourne vers sa fille.

– Casey, si tu as pris de la drogue, je te jure que…

– Non ! l'interrompt-elle. C'est juste que… J'ai besoin que tu sois Papa de la NASA, là maintenant. Papa l'Explorateur. C'est possible ?

Oui, elle a besoin de l'homme brillant amateur de puzzles. Parce que ce pin's en est clairement un. Avec précaution, elle tend l'objet à son père. Lorsque ses doigts se posent sur le métal, elle attend que quelque chose se passe.

Elle continue à attendre. Et encore un peu.

Son père ne bouge pas. Le visage inexpressif, il se contente de regarder le pin's.

– Est-ce que tu le vois ? insiste Casey.

En guise de réponse, il démarre le moteur et reprend la route.

– Ça ne marche pas ? demande-t-elle.

Incrédule, elle récupère le pin's et…

Whoosh ! De nouveau, la voilà ailleurs, en train de flotter au-dessus du sol.

– Tu ne vois pas ça ? crie-t-elle.

– Casey ! Arrête ! entend-elle son père hurler.

Soudain, on lui arrache le pin's de la main. Elle se retrouve dans la voiture, l'esprit en ébullition.

– Peut-être que ça ne marche que pour moi…, réfléchit-elle à haute voix.

– Tu me fais peur, gronde Phil. Je viens de te récupérer en prison et tu parles comme si tu étais folle...

Casey n'écoute pas.

– Il a dû se synchroniser avec moi… comme un genre de Bluetooth…

– Calme-toi et…, intervient son père.

– Je ne peux pas me calmer, papa, c'est super important. C'est… énorme !

Pour la première fois depuis une éternité, Casey a l'impression que les choses s'arrangent.

Mais son père la ramène brutalement sur terre.

– Ils m'ont licencié, Casey, annonce-t-il, les yeux rivés sur la route.

Il ne voulait pas le dire ainsi. Il sait que la nouvelle va la dévaster. Mais elle a besoin de l'entendre, vu son comportement.

– Ce que tu as fait… saboter le matériel. Ils ont pensé que c'est moi qui t'y avais poussée.

– Non ! proteste-t-elle. Ils n'ont pas le droit ! Je leur dirai que c'était mon idée….

Elle s'interrompt. Elle n'a jamais voulu faire souffrir son père, bien au contraire. Elle sabotait la plate-forme pour qu'il ait du travail, pour lui montrer qu'il y avait de l'espoir. C'était un loup qu'elle avait décidé de pourchasser. Et voilà qu'il vient la mordre.

Phil soupire. L'optimisme de Casey est futile. On ne peut pas nier les faits. Même si on le réembauchait, il ne lui resterait plus qu'un mois de travail...

– Je préfère être honnête, avoue-t-il avec amertume. Quand je regarde le futur, je ne vois plus rien.

Casey secoue la tête. Elle arrangera les choses, coûte que coûte.

– Ça ira. C'est juste que tu nourris le mauvais loup.

– Eh bien, ma fille, sourit tristement son père, parfois, c'est le seul qui a faim.

CHAPITRE SIX

La nuit est tombée et le calme s'est enfin installé dans la famille Newton. Casey reste éveillée, déterminée à réparer ses bêtises. Et pour ça, elle a besoin de mettre la main sur le pin's qui, hélas, se trouve quelque part dans la chambre de ses parents.

En prenant soin de ne pas réveiller Nate, elle ouvre discrètement la porte de sa chambre et se faufile le long du hall. Elle peut entendre le léger ronflement de son père et le froissement du drap lorsque l'un de ses parents remue dans le lit. Casey prend une grande inspiration et regarde à travers la porte ouverte. Ses parents sont profondément endormis.

Parfait, se dit-elle. *C'est maintenant que ça va devenir difficile.* Lentement, *très* lentement, elle rampe jusqu'à la table de chevet de son père et regarde au-dessus. Rien. En fronçant les sourcils, elle ouvre le tiroir et fouille dedans à l'aveugle.

Whoosh !

Soudain, l'obscurité de la chambre de ses parents laisse place à une lumière éclatante. L'odeur de blé remplit les narines de Casey : elle est de retour !

Devant elle se trouve l'énorme ville qu'elle a déjà aperçue, mais celle-ci est désormais plus proche. De toute sa vie, Casey n'a jamais rien vu de pareil.

De gigantesques gratte-ciel aux formes étranges se dressent dans les airs, défiant la gravité. L'adolescente reste bouche bée devant un train en forme de missile qui flotte sur des rails aériens.

Où suis-je ? Pourquoi est-ce que je continue à voir cette ville ? Qu'est-ce qui m'arrive ?

Les questions se bousculent dans sa tête, aussi rapides que le train précédent. Elle avance pas à pas, de plus en plus vite, jusqu'à ce que…

Paf ! Elle heurte quelque chose de solide. En reculant, sa main touche un meuble qui

ressemble étrangement à une table de chevet. Mais derrière elle, elle ne voit rien que du blé. Lentement, elle tend la main. Et, de nouveau, elle touche une sorte de mur.

Soudain, elle comprend qu'elle est toujours dans la maison de ses parents. Ce qu'elle regarde doit être un genre d'hologramme incroyable, super high-tech.

Distraite par la ville, Casey met un moment à réaliser qu'une barre de batterie clignote à la périphérie de sa vision… Lorsqu'elle se tourne, la barre reste au coin de son œil. Qui sait quand l'énergie sera épuisée ? Elle longe le mur pour rejoindre rapidement la ville. Soudain, elle perd l'équilibre et le pin's lui tombe des mains.

Dans le monde « réel », Casey dévale l'escalier de sa maison. Elle atterrit en bas avec un bruit sourd, grimace de douleur et retient son souffle en entendant son père se lever pour voir ce qu'il se passe. Heureusement, son oncle s'est endormi en regardant la télévision et son père pense que le bruit vient de là. Il lui crie d'éteindre le poste, puis retourne se coucher.

Casey respire à nouveau. Elle s'en est sortie de justesse ! Utiliser le pin's dans la maison est trop risqué, il va falloir trouver un endroit un peu plus isolé.

Vite, l'adolescente quitte la maison, saute sur son vélo et file vers un champ abandonné. Une fois qu'elle est sûre que personne ne regarde, elle sort le pin's de sa poche et referme ses doigts dessus.

Aussitôt, elle se retrouve dans le monde futuriste. Cette fois-ci, elle se tient au milieu de la ville. Impressionnée, elle aperçoit deux ados qui volent avec des jetpacks. D'autres réacteurs sont accrochés sur ce qui ressemble à un garage à vélos. Au coin de son œil, la barre d'énergie passe de vert à jaune.

Casey accélère et manque renverser un homme élégant en costume. Il n'a pas l'air de la remarquer, concentré sur le petit hologramme d'une femme qui flotte au-dessus de son poignet. *C'est une sorte de téléphone*, réalise Casey lorsqu'il raccroche. L'homme récupère l'un des jetpacks et l'enfile. Juste avant de s'envoler, il se retourne et lance un clin d'œil à Casey !

Comment peut-il me voir ? Elle se retourne pour voir s'il n'y a personne d'autre, mais non. C'est bien à elle qu'il s'adressait. *Que se passe-t-il ? Un hologramme n'est pas censé être interactif, si ?*

Dans un bourdonnement sourd, le sol sous ses pieds se met à trembler légèrement. Casey suit la vibration, croisant des gens qui ne lui prêtent aucune attention. L'adolescente, elle, regarde tout. Des bâtiments se dressent autour d'elle, et des structures qui semblent tout droit sorties d'un tableau de Dali s'élancent à l'assaut du ciel. Et au milieu de tout ça, se trouve la cause du grondement.

Un énorme vaisseau spatial flotte dans les airs, descendant lentement au sol. Il atterrit verticalement, de la même manière qu'on lance une capsule spatiale. Lorsqu'il disparaît de son champ de vision, le cœur de Casey bat la chamade. Elle en a la chair de poule. Ce vaisseau représente tout ce dont elle a toujours rêvé, et plus encore !

Sans réfléchir, elle se met à courir pour rejoindre l'aire d'atterrissage. Elle ne cherche même pas à cacher son excitation ou à passer inaperçue tandis qu'elle s'enfonce dans la ville.

Un instant plus tard, elle se retrouve à l'intérieur d'un grand bâtiment, dominé par un énorme atrium. Où qu'elle regarde, des scientifiques se bousculent et conduisent des expériences. À l'un des niveaux, une équipe en combinaisons imperméables fabrique un nuage d'orage miniature. Sans s'en douter, elle vient de pénétrer dans le Hall de l'Imagination.

Concentrée sur ces images, Casey sursaute lorsqu'une voix tonne à travers le hall :

– Le MAGrail arrivera dans une minute. Il desservira Bridgeway Plaza et Spatioport.

Spatioport ? pense Casey. Voilà l'endroit où elle doit se rendre. Elle suit la foule qui se dirige dans la même direction et rejoint rapidement la station de MAGrail. Celle-ci ressemble à un hall de gare, sans les rails. À la place, deux énormes anneaux magnétiques flottent l'un en face de l'autre, et permettent à un long train en forme de fusée de léviter dans l'air lorsqu'il se gare entre eux.

Les portes s'ouvrent silencieusement et Casey observe les passagers à l'intérieur. Certains discutent, d'autres regardent les hologrammes sur leur poignet. Un nouveau message les informe du départ. Au coin de l'œil de Casey, la barre d'énergie devient de plus en plus jaune. Inquiète de ne pas pouvoir prendre le suivant, Casey monte dans le train. Aussitôt, les portes se referment avec un sifflement.

– Ligne en direction du nord, attention au départ, annonce la voix. Prochain arrêt : Bridgeway Plaza.

Le train file hors de la station et, sous les pieds de Casey, le sol devient translucide. Elle aperçoit la ville entière en dessous d'elle ! C'est de loin le truc le plus génial qu'elle ait jamais vu.

Ils s'arrêtent d'abord à Bridgeway Plaza. On dirait un aéroport amélioré ! Au lieu des portes d'embarquement habituelles, d'énormes portails flottent tous les quelques mètres, le long d'un impressionnant terminal. Des gens entrent et sortent à travers une sorte de verre brumeux pour rejoindre leur destination. Et ce ne sont pas des endroits proches ! Elle entend une voix mentionner l'Australie puis la Suède avant que les portes ne se referment, que le MAGrail reprenne sa route et que Bridgeway Plaza ne disparaisse derrière eux.

Les battements de cœur de la jeune fille s'accélèrent lorsque le monorail entre dans un tunnel. Elle se prépare à être plongée dans le noir mais à la place, elle se retrouve au milieu de magnifiques jeux de lumière. Des éclairs clignotent et pulsent de l'autre côté de la vitre, transformant l'intérieur du train en plusieurs teintes de néon. Les autres passagers semblent trouver ce spectacle normal.

En s'écartant de la fenêtre, Casey aperçoit une jeune femme en costume de vol. Comme tout dans cet univers, la combinaison est une version modifiée de ce qu'elle connaît, plus moderne. À la différence de celles des astronautes de la NASA, elle est près du corps, et souligne les formes de la jeune femme. Casey sent la jalousie monter. Qu'est-ce qu'elle ne donnerait pas pour être à sa place ! Elle sourit en l'entendant promettre à ses parents qu'elle leur « transmettra » tous les jours, même lorsqu'elle sera « *hors de portée* ». Son sourire s'efface lorsque la jeune femme ajoute :

– Ce n'est pas un problème. On ne va qu'à vingt années-lumière d'ici.

Vingt années-lumière ? Casey a-t-elle bien entendu ? La NASA n'a *jamais* envoyé quelqu'un aussi loin.

Le monorail sort alors du tunnel. La voix annonce le Spatioport et Casey écarquille les yeux.

Devant elle, à quelques pas à peine, son plus grand rêve a pris forme. Des dizaines de vaisseaux spatiaux de toutes formes et couleurs sont amarrés à des plates-formes qui flottent au-dessus du brouhaha. Casey sort du train et avance dans un brouillard, essayant de comprendre tout ce qu'elle voit. Elle aperçoit la fusée qu'elle avait vue à son arrivée. Des hommes et des femmes vêtus du même uniforme en sortent, tenant des cages remplies de spécimens variés d'animaux, de végétaux et de minéraux. Casey n'en reconnaît aucun.

Elle continue à avancer. Elle ne sait pas où elle va, mais elle s'en moque. Elle croise vaisseau après vaisseau, tous en état de marche, tous incroyables. Voilà ce à quoi aurait dû ressembler la NASA. Voilà le futur que le président Kennedy avait imaginé des années plus tôt, lorsqu'il a lancé le programme spatial. *Voilà,* réalise Casey avec tristesse, *tout ce que la NASA ne sera jamais.*

Perdue dans ses pensées, elle ne réalise pas que la jeune femme du monorail marche à côté d'elle. Elle s'arrête net. Derrière elle, le vaisseau à la forme la plus cool que Casey ait jamais vue est installé dans ce qui ressemble à un grand huit. Les rails se terminent en une rampe dirigée droit vers ce qui est clairement la destination du vaisseau : les étoiles et l'infini !

Casey grimace d'envie en regardant un groupe d'adolescents, qui doivent avoir son âge, commencer à embarquer. *Mon Dieu,* pense-t-elle. *Je donnerais tout pour pouvoir les rejoindre.*

À cet instant précis, la fille du monorail lui sourit.

– On a gardé un siège exprès pour toi, annonce-t-elle chaleureusement, comme si elle avait entendu ses pensées.

Casey cligne des yeux. Elle se désigne du doigt pour être sûre qu'elle est visée, et la fille hoche la tête. *C'est vrai ?* se demande Casey. *Oui ! Oui, c'est vrai. Alors arrête de perdre du temps et monte à bord avant qu'il soit trop tard !*

Mais il est trop tard.

Lorsque Casey essaie d'avancer, ses pieds restent coincés, comme si quelqu'un tirait sur la manche de son pantalon pour l'empêcher d'avancer. Soudain, elle s'aperçoit que la barre d'énergie clignote désormais d'un rouge vif. Elle n'en a presque plus.

– Non ! crie Casey. Attendez ! Non ! S'il vous plaît !

Personne ne répond à ses prières. Le vaisseau devient flou, puis disparaît complètement. Un instant plus tard, la jeune fille se retrouve au milieu d'un champ. Dans le ciel, les étoiles brillent d'un éclat moqueur. Elle est de retour dans son monde, et le pin's dans ses mains n'a plus de batteries. Casey laisse échapper un soupir attristé. Elle a vu son rêve prendre forme, et elle ne peut plus y renoncer. Elle doit trouver un moyen de retourner dans cette autre ville, et vite.

CHAPITRE SEPT

Sans pin's, Casey ne pourra plus trouver cet endroit incroyable, ni prouver qu'elle n'est pas folle. Elle *doit* en trouver un autre.

Heureusement, son monde a beau manquer de fusées, il a une connexion Internet plutôt rapide. Et Casey se dit que lorsqu'on a besoin de trouver quelque chose de, eh bien, d'extraordinaire, autant commencer par Internet.

Elle a raison. Avec l'aide de son frère, elle fait une recherche sur « pin's vintage » et se retrouve sur la page du magasin *Blast from the Past* qui se trouve à Houston, dans l'État du Texas. C'est un vieux site web mais Casey s'en moque. Il y est précisé que le magasin recherche *son* pin's. Une bannière indique : « Experts et fournisseurs de la sélection la plus complète d'objets spatiaux à collectionner au monde. » Elle sort un morceau de papier et note l'adresse.

Nate regarde sa grande sœur avec curiosité.

– Tu vas aller à Houston ? demande-t-il.

Casey se penche pour fixer son frère droit dans les yeux et hoche la tête.

– Tu diras à papa et maman que tu t'es réveillé au moment où je partais, souffle-t-elle. Tu ne sais pas où je vais, mais je t'ai dit que tout allait bien et que j'appellerai demain. Tu peux faire ça ? S'il te plaît ?

Il y avait longtemps que Nate n'avait pas vu autant d'enthousiasme dans les yeux de sa sœur. Elle était si déprimée ces derniers temps ! Il ne l'admettra jamais, mais il l'aime plus que tout, et il veut qu'elle soit heureuse.

– Seulement si tu me dis ce qui se passe.

Casey hésite. Elle ne sait sincèrement pas comment répondre.

– Je pense que j'ai vu le futur, avoue-t-elle enfin.

– C'était cool ? demande Nate.

Il la croit aussitôt, même si ça a l'air encore plus fou une fois les mots prononcés.

– C'était génial, acquiesce-t-elle.

La prochaine fois, elle l'emmènera avec elle. Et ses parents.

Mais pour l'instant, il faut qu'elle parte : Houston est loin d'ici, et elle n'a pas envie de passer une seconde de plus éloignée du monde qu'elle sait être son futur.

Le lendemain, pendant que Casey traverse les États en bus, Athena sonne à sa porte, une boîte de cookies dans les mains. C'est Nate qui lui ouvre.

– Bonjour, dit-elle avec un beau sourire. Est-ce que Casey Newton est là ?

– Euh, non, elle est sortie, répond Nate en secouant la tête.

– C'est dommage, souffle Athena en essayant de ne pas montrer sa frustration.

Elle doit absolument voir Casey. Elle désigne sa boîte et ajoute :

– Elle a commandé des cookies, je les lui apportais.

– Tu es scout ? demande Nate en regardant ses vêtements. Pourquoi est-ce que tu n'as pas d'uniforme ?

– Il est au pressing, ment rapidement Athena.

– Et ce sont des *Oreos*, pas des cookies.

Le sourire d'Athena disparaît, remplacé par l'agacement.

– Est-ce que tu peux simplement me dire quand elle reviendra ?

Lorsqu'il lui explique que Casey est partie camper avec des amies et ne reviendra pas avant quelques jours, elle soupire.

– Non, Nathan, c'est un mensonge. Et ne me demande pas comment je connais ton nom. Je le sais, de la même manière que je sais que tu me mens.

Nate déglutit. Comment cette fille sait-elle tout ça ? Soudain, une idée le frappe.

– Tu es…, murmure-t-il. Tu es du futur ?

Athena prend le temps de réfléchir. Casey a visiblement partagé des informations avec son petit frère, et ce n'est pas bon signe.

– Si elle a décidé de prendre les choses en main, explique Athena, inquiète, ça l'a probablement mise en danger.

– En danger ?

– Oui, en danger. Alors où est-elle ?

Au même moment, loin de se douter qu'une petite fille est à sa recherche, Casey contemple une fusée géante. À la différence de celles qu'elle a vues dans l'autre monde, celle-ci est en plastique et n'est pas vraiment impressionnante. Perchée sur le toit d'un petit bâtiment, elle sert d'enseigne pour le magasin *Blast from the Plast.* Casey est enfin arrivée à Houston.

Elle ouvre la porte et entre dans le magasin. Chaque recoin de la boutique est couvert d'objets liés à la science-fiction, allant des affiches satiriques aux insignes de la NASA. Si elle en avait eu le temps, Casey aurait passé des heures à tout regarder.

– Ce sont les soldes cette semaine ! s'exclame une voix qui la fait sursauter. Soixante-dix pour cent de réduction !

La femme qui se tient derrière le comptoir porte une longue jupe, d'amples vêtements colorés et ses cheveux épais sont attachés en chignon. Des bijoux faits maison se balancent à ses poignets et à son cou. Casey étouffe un rire. Voilà quelqu'un qui vit clairement dans le passé. Elle aurait eu sa place à Woodstock !

La jeune fille se reprend et avance jusqu'au comptoir.

– Je ne suis pas une cliente, explique-t-elle. J'espérais que vous pourriez me renseigner là-dessus.

Elle pose doucement le pin's sur le comptoir. La femme baisse les yeux et sursaute.

– Hugo ! crie-t-elle d'un ton soudain grave.

Derrière elle, une porte à l'aspect étrange s'ouvre dans le mur. Casey entend un grognement. Un bras apparaît, puis le reste du corps.

– Merci de ton aide, Ursula, persifle Hugo.

Lui aussi a l'air tout droit sorti des années soixante. Ses longs cheveux sont séparés en dreadlocks et il porte une veste psychédélique sur un T-shirt rouge vif. Il se tourne vers Casey et plaque un sourire sur son visage, prêt à jouer au vendeur.

– Excusez ma femme. Je m'appelle Hugo Gernsback. Comment puis-je vous aider ?

– Elle a un pin's ! siffle Ursula avant que Casey ne puisse répondre.

Hugo regarde l'objet sur son comptoir et cligne des yeux une fois. Puis deux.

– Où l'avez-vous eu ? questionne-t-il en tendant la main.

Avant qu'il ait pu toucher le pin's, Casey pose sa paume dessus. Elle n'est pas stupide. Elle le gardera tant qu'elle n'aura pas de réponse.

– Qu'est-ce que vous pouvez me dire dessus ? demande-t-elle.

– Rien du tout tant que tu ne m'auras pas dit qui te l'a donné, rétorque le vendeur.

– Et je ne peux pas vous dire qui me l'a donné tant que vous ne me dites pas ce que vous savez, réplique Casey en haussant un sourcil.

– Dans ce cas, nous n'avons plus rien à nous dire, conclut Hugo.

La jeune fille ne veut pas s'en aller sans réponse. Mais elle sait aussi qu'elle doit se montrer rusée.

– J'imagine, acquiesce-t-elle.

En espérant que son bluff fonctionne, elle se dirige vers la porte pour partir.

– Lorsque tu l'as touché, lui lance Hugo, tu as vu quelque chose, n'est-ce pas ?

Casey s'arrête net. Il sait quelque chose, finalement ! Elle se retourne lentement, déchirée entre l'envie de garder son secret et celle de se confier à quelqu'un qui la croira.

Lorsqu'elle se lance, sa voix est à peine un murmure :

– Je crois que j'ai vu…

Elle s'interrompt. S'ils ne sont pas au courant, ils vont la prendre pour une folle. Les mots suivants se bousculent dans sa bouche :

– Je crois que je suis allée dans le futur.

Ursula sourit à Hugo, puis se tourne vers Casey.

– Tu n'es pas allée dans le futur, ma chère…

– … mais à Tomorrowland, conclut son acolyte.

Casey étouffe un couinement. C'était donc bien réel ! Elle n'est pas folle ! Il y a bien un endroit où ses rêves peuvent se réaliser ! Mais les paroles d'Hugo détruisent ses espoirs.

– Techniquement, tu n'y es pas *allée*, précise-t-il en montrant le pin's. Ce petit gadget a projeté une visite guidée dans ton esprit. Ne me demande pas comment. Ces gens ont développé des technologies que nous ne pouvons même pas imaginer.

– Une seconde, l'interrompt Casey en essayant d'assimiler toutes ces informations. Quels « gens » ?

Hugo prend une grande inspiration, comme s'il avait attendu un long moment pour offrir cette explication.

– Est-ce que tu t'es déjà demandé ce qui arriverait si tous les génies du monde décidaient de le changer ? Véritablement ?

La voix d'Hugo est pleine d'admiration. Il a l'air de regarder quelque chose d'invisible.

– Où pourraient-ils se réunir ? Ils devraient trouver un endroit sans politique ni bureaucratie. Un endroit secret où ils pourraient construire tout ce qu'ils sont assez fous pour imaginer.

Un endroit secret où tout est possible ? L'esprit de Casey est en ébullition rien qu'en pensant au monde que créeraient les génies de l'histoire. Des artistes comme De Vinci, des inventeurs comme Einstein, des penseurs comme Platon. Comment s'appellerait un tel endroit ?

– Tomorrowland, répond Ursula, comme si Casey avait posé la question à haute voix.

– Comme à Disney World ? demande Casey en réalisant soudain le parallèle.

Elle s'est souvent retrouvée dans la partie du parc qui porte ce nom, comme la plupart des habitants de Floride. Mais elle n'y a jamais rien vu d'étrange.

– Le parc d'attractions n'est qu'une couverture, explique Ursula en voyant la confusion dans les yeux de la jeune fille.

Elle se penche et prend un ton de conspiratrice.

– Walt était l'un d'eux. Il faisait partie de la société secrète des génies.

– Toutes les avancées technologiques depuis le début du vingtième siècle viennent d'eux, ajoute Hugo qui ne veut pas être laissé de côté. L'électricité, le vol…

– La télévision, Internet…, continue Ursula. Tout est inventé et perfectionné là-bas, des dizaines d'années avant que nous soyons prêts ici. Cela aboutit à une ville du futur complètement fonctionnelle et entièrement peuplée.

– Vous voulez dire qu'elle existe ? demande Casey.

Hugo tend la main et récupère le pin's. Cette fois-ci, la jeune fille le laisse faire.

– En effet. Cela dit, le seul moyen de la voir, c'est par l'une de ces choses. Et ce n'est qu'un aperçu.

– Pourquoi est-ce qu'ils les fabriqueraient ? insiste Casey.

– D'après la rumeur, ils sont prêts à se révéler au monde, répond Ursula. Les pin's seraient la première étape de leur campagne de communication. La plus incroyable bande annonce de tous les temps.

Hugo grimace un sourire à Casey, qui est encore sous le choc des mots d'Ursula. Les deux vendeurs n'ont pas partagé ces informations par pure bonté. Ils attendent quelque chose en retour.

– Alors, questionne Hugo avec une pointe d'avidité. Où l'as-tu eu ?

CHAPITRE HUIT

– Je ne sais pas.

Casey ne voit aucune raison de mentir. Ursula et Hugo ont semblé sincères, la moindre des choses est de leur rendre la pareille. Malheureusement, ils n'apprécient pas sa réponse.

Ursula la regarde et cligne rapidement des yeux, comme Hugo lorsqu'il a vu le pin's pour la première fois. Ce tic rend Casey un peu nerveuse et elle recule d'un pas.

Ursula rompt le silence :

– Que veux-tu dire, mon enfant ?

– C'était simplement dans mes affaires, répond Casey en haussant les épaules. Je ne sais pas comment c'est arrivé l…

Elle s'interrompt en entendant un bruit étrange près de la porte d'entrée.

– Qu'est-ce que c'était ? demande-t-elle, à présent vraiment inquiète.

Soudain, les paupières d'Ursula frissonnent, comme si elles s'étaient coincées, ou que son esprit ne parvenait plus à les contrôler. C'est effrayant, et pas vraiment… humain.

Casey sait quand il est temps d'abandonner. Elle tend la main vers le pin's d'un geste aussi naturel que possible.

– Merci pour votre temps, je vais y aller, maintenant.

Mais les doigts d'Hugo se referment sur les siens.

– Mille dollars si tu me dis comment tu as obtenu ce pin's.

Casey écarte sa main.

– Dix mille, offre Hugo avec un enthousiasme inquiétant.

Les paupières d'Ursula tremblent de nouveau.

– Était-ce une fille ? Une petite fille ? demande-t-elle.

Casey est désormais terrifiée. C'est quoi, leur problème ? Pourquoi sont-ils si obsédés par la provenance de ce pin's ? Et de quelle petite fille s'agit-il ?

– Je ne sais pas de quoi vous parlez, souffle-t-elle en reculant vers la porte. Passez une bonne journée et profitez bien… de votre folie !

Elle ne fait que trois pas avant d'entendre le bruit reconnaissable d'un fusil à pompe qu'on arme.

Lentement, elle se retourne.

Hugo la tient en joue avec une arme étrange, aux formes exagérées. Derrière lui, Ursula sort un pistolet laser. Enfin, c'est ce qu'imagine Casey car ça ressemble à quelque chose que Spock ou le Capitaine Kirk utiliserait.

– C'est une blague, pas vrai ? demande Casey.

Elle a beau avoir peur, il est difficile de prendre au sérieux des armes tout droit sorties de bandes dessinées.

Fzzzam ! Un rayon bleu-vert frôle l'oreille de la jeune fille. Derrière elle, le mur est désintégré. Non, ce n'est pas une blague.

Elle plonge au sol, et un autre tir passe par-dessus sa tête. Casey rampe pour s'écarter des deux fous, et en se faufilant le long d'une allée, elle se retrouve nez à nez avec un mannequin qui tient un pistolet identique à celui d'Ursula. Peut-être qu'il fonctionne de la même manière ?

Casey se redresse d'un coup et presse la détente de l'arme, mais seules quelques étincelles en jaillissent. Ursula et Hugo la mettent en joue en remontant l'allée.

– Où. Est. La. Fille ? articule Hugo en repoussant peu à peu Casey jusqu'à ce qu'elle n'ait plus d'issue.

Elle est coincée ! C'est alors que… *CRASH !*

La vitre du magasin explose en mille morceaux. Une sorte de ballon de foot en chrome atterrit au milieu de la pièce, puis tourne sur lui-même, de plus en plus vite.

Hugo et Ursula se jettent à terre. Casey n'a pas le temps de se demander pourquoi ; le ballon explose ! Une bulle de lumière tremblotante en jaillit et enveloppe tout ce qu'elle touche… Y compris Hugo et Ursula !

La lumière continue à s'étendre, de plus en plus proche de Casey. Enfin, elle s'arrête, à deux centimètres de l'adolescente.

Celle-ci respire de nouveau normalement. Elle se relève et regarde autour d'elle. Tout ce qui se trouve dans la bulle est figé. Des jouets qui tombaient de leurs étagères sont suspendus en l'air. Un mannequin est penché selon un angle impossible, comme coincé. Et, au milieu, Hugo et Ursula sont bloqués en plein mouvement. Visiblement, ils n'ont pas esquivé assez vite.

– On doit y aller ! s'écrie Athena en sortant un grand pistolet laser. Maintenant !

La bulle commence déjà à se réduire. Les objets tombent au sol dès qu'ils sont libérés et retrouvent le flux normal du temps. Bientôt, Hugo et Ursula seront libres, eux aussi.

Pourtant, Casey ne bouge pas. Elle a l'impression que ses pieds sont collés au sol, et son esprit bouillonne.

– Écoute-moi, dit Athena en essayant de la faire revenir à la réalité. On doit partir, ou tu vas mourir.

Elle pousse Casey derrière le comptoir.

– Il y a une sortie à travers cette porte. Reste derrière moi et…

Elle n'a pas le temps de finir sa phrase. L'énergie bleue retourne entièrement dans le ballon en chrome. Aussitôt, tout ce qui était bloqué se libère, y compris le tir de l'arme d'Hugo. Un jet de plasma manque les filles d'un cheveu. Désormais libre et fou de rage, l'homme s'approche pour les achever.

– File ! crie Athena en bondissant par-dessus le comptoir, les pieds en avant.

Elle heurte Hugo et tous deux s'effondrent à travers un mur. Ils se relèvent et commencent à se battre.

Casey les regarde s'échanger des coups. Pour un homme qui ressemble à un hippie, Hugo se débrouille plutôt bien. Mais la petite fille aussi qui, malgré sa taille, lui tient tête. Captivée, Casey se rend compte au dernier moment qu'Ursula est libre aussi et a ramassé une longue lance dans une des vitrines. Elle fonce sur Athena.

– Attention ! s'exclame la jeune fille.

Athena se retourne et esquive au moment où Ursula jette la lance. Elle la rate de peu et touche Hugo en pleine poitrine.

Casey reste bouche bée. Elle n'est pas au bout de ses surprises, car la fillette arrache la lance du corps d'Hugo comme si c'était un cure-dents et la jette comme une balle de base-ball. L'épieu fend les airs pour heurter la tête d'Ursula avec tant de force qu'il la décapite !

– *Aaaaaaahrggg* – hein ?

Le cri de Casey s'interrompt lorsqu'elle remarque l'absence totale de sang. D'ailleurs, même si elle n'est plus attachée au corps d'Ursula, sa tête semble toujours en pleine forme. Est-ce que ces deux-là sont des robots ?

Comme pour confirmer cette hypothèse, le corps d'Hugo, qui s'était effondré au sol, commence à frémir. Puis il se lève et tourne sur lui-même.

– Un endroit secret où ils pourraient construire tout ce qu'ils sont assez fous pour imaginer, prononce-t-il, la voix de plus en plus rapide et sur un ton de plus en plus aigu. Assezfouspourimaginer. Assezfouspourimaginer.

Sa voix ressemble désormais à un disque rayé. Il se met alors à émettre des bips bruyants.

Casey n'a aucune idée de ce que ça signifie, mais Athena, oui. Elle traverse la pièce, attrape la main de Casey et l'emmène d'un bond vers l'extérieur. Elles atterrissent dans la rue… et le magasin explose derrière elles !

L'onde de choc projette Casey au sol, la laissant sonnée. En moins d'une heure, elle a entendu parler de Tomorrowland, rencontré des vendeurs qui n'avaient pas l'air humains, affronté des rayons laser et été sauvée par une étrange petite fille. Elle se retourne pour voir si celle-ci est aussi choquée qu'elle, mais Athena est déjà sur pied.

– Lève-toi, dit-elle. Ils vont venir.

– Qui ? demande Casey en se redressant sur ses jambes tremblantes.

Athena ne prend pas la peine de répondre. Elle se contente de la pousser en direction d'une voiture garée à proximité. Elle brise la glace du côté conducteur et ouvre la porte.

– Monte.

L'adolescente se met à gémir, au bord de la crise de nerfs.

– Casey, monte dans la voiture, répète Athena.

– Comment connais-tu mon nom ?

La petite fille ne répond pas. Elle parvient à l'asseoir sur le siège passager, puis s'installe au volant, écrase l'accélérateur, abandonnant les restes fumants du magasin derrière elles.

Casey reste muette pendant qu'Athena les éloigne du centre de Houston et continue dans les faubourgs de la ville. Elle réalise à peine que la fillette conduit très bien, alors qu'elle est loin d'avoir l'âge pour obtenir son permis. Athena ajuste les rétroviseurs, regarde dans l'angle mort lorsqu'elle change de file et, bien sûr, vérifie que personne ne les suit.

Au bout d'un moment, Casey ne peut plus rester silencieuse.

– Qu'est-ce. Qui. Vient. De. Se. Passer ? demande-t-elle, les dents serrées.

– Deux unités AA t'ont ciblée pour extermination, explique la fille comme si c'était évident. Tous les AA sont équipés d'une charge explosive pour éviter la détec…

– Des AA ? l'interrompt Casey.

– Audio-Animatronics.

C'étaient donc bien des robots ! Cela répond à une question, mais Casey en a une autre.

– Qui es-tu ?

La petite fille sourit. Elle a attendu de nombreuses années pour se présenter.

– Je m'appelle Athena, déclare-t-elle. C'est moi qui t'ai donné le pin's.

CHAPITRE NEUF

– Le pin's ? répète Casey.

Athena le lui aurait donné ? Pourquoi ne l'a-t-elle pas fait en personne ? Ça lui aurait épargné bien des soucis.

– Oui, confirme la petite fille. Et j'aurais vraiment apprécié que tu n'aies pas fui avant que j'aie pu te donner un minimum d'informations.

Casey manque éclater de rire. Quelle ironie, venant de celle qui a glissé un pin's dans ses affaires avant de disparaître ! Casey, elle, s'est contentée de chercher des réponses. Et d'ailleurs…

– Qui es-tu ?

– Je suis une crudeuse, répond Athena.

Puis elle se reprend. Ce n'est pas ce qu'elle voulait dire.

– Je suis une ree.... Une recruutoooo...

Athena frissonne. Quelque chose ne va pas. Comme si c'était habituel, elle baisse la main et pousse quelque chose sur son côté. Un petit compartiment s'ouvre... dans son corps !

Casey s'enfonce dans son siège. Athena sort un petit outil qu'elle plante dans une blessure sur son épaule, puis commence à le tourner. Lorsqu'elle semble satisfaite, elle s'arrête et remet sa main sur le volant. L'outil reste planté dans son épaule.

– Oh mon dieu, murmure Casey lorsque Athena a terminé. Tu es l'un d'eux !

– Évidemment.

Évidemment ? De qui cette fille se moque-t-elle ? Ne se rend-elle pas compte à quel point tout ça est incroyable ? Pense-t-elle vraiment que Casey a l'habitude de se promener avec des robots, des AA ou quel que soit leur nom ? *Non, il n'y a rien d'évident dans cette histoire*, se dit la jeune fille. Et elle n'a plus envie d'en faire partie.

Avant qu'Athena puisse l'arrêter, Casey glisse la jambe du côté conducteur et écrase le frein.

La voiture n'a pas fini de freiner que l'adolescente a déjà ouvert la porte. Elle se jette dehors et commence à courir le long de la route. Elle entend derrière elle Athena qui lui demande de s'arrêter, mais elle s'en moque. Elle continuera à courir jusqu'en Floride si elle le doit. Athena est peut-être un robot bizarre du futur, mais elle a des petites jambes. Casey peut la distancer. En tout cas, elle l'espère.

Hoonk !

Le klaxon d'un camion résonne bruyamment derrière elle, et Casey ralentit. En entendant un choc métallique, elle s'arrête complètement et se retourne. Projeté dans les airs, le corps d'Athena atterrit à près de quarante mètres du camion qui l'a heurtée.

Le conducteur descend, pâle comme un mort. Casey réfléchit aux solutions qui s'offrent à elle.

Elle peut continuer à fuir, ou elle peut s'assurer qu'Athena va bien (même si, d'après ce qu'elle a vu, les AA peuvent fonctionner après avoir subi de gros dégâts). Ou elle peut voler le camion et filer loin d'ici.

Oui, se dit-elle en revenant sur ses pas, c'est la meilleure option.

Casey se glisse sur le siège conducteur, passe une vitesse et démarre. Elle entend le chauffeur crier derrière elle, mais elle ne se retourne pas, de peur de changer d'avis et de faire demi-tour.

Non, se répète Casey. *Athena va bien. Elle doit être en mode veille, ou quelque chose du genre.*

Puis elle regarde dans le rétroviseur et écarquille les yeux. Athena n'est pas du tout en mode veille ! Elle s'est relevée et court après le camion ! Le plus incroyable, c'est qu'elle arrive à le rattraper.

– Ce n'est pas possible, murmure Casey. C'est…

Pourtant, ça l'est. *Toc !* Le camion frémit lorsque Athena bondit sur le plateau, l'air mécontent.

Casey freine de toutes ses forces pour essayer de l'en déloger, mais la petite fille traverse la fenêtre arrière et se retrouve dans la cabine avec elle. Athena enlève la protection du volant pour accéder aux câbles. Elle les arrache, et le moteur commence à tousser.

Casey se met à hurler lorsque Athena démonte la poignée de la porte et la lance par la fenêtre. Elle ne peut plus s'enfuir maintenant. Elle est coincée dans le camion immobilisé.

– S'il te plaît, arrête de crier, demande patiemment la petite fille.

– Laisse-moi partir ! mugit Casey en s'agitant sur son siège.

Le calme d'Athena ne dure pas longtemps.

– Non, réplique-t-elle. Je t'ai donné mon dernier pin's, et je refuse de l'avoir gâché.

Casey cesse de se débattre.

– Comment ça, ton dernier pin's ? demande-t-elle, curieuse malgré elle.

Athena ne répond rien. Elle se contente de regarder Casey en attendant qu'elle comprenne d'elle-même.

Casey commence à réfléchir. Athena lui a donné le pin's. Elle était au courant des AA à Houston, et elle est elle-même un AA. Il n'y a qu'une conclusion logique.

– L'endroit que j'ai vu..., commence-t-elle enfin, c'est de là que tu viens.

– Oui, confirme Athéna.

– Alors... c'est vrai. Il existe. Dans le présent ? demande Casey, l'excitation remplaçant la peur.

Elle se prépare à poser une multitude de questions mais Athena la devance.

– Si tu ne viens pas avec moi, il n'existera plus très longtemps.

Casey hausse un sourcil.

– Pourquoi ?

– Parce qu'ils ont construit quelque chose qu'ils n'auraient pas dû, répond vaguement Athena. Est-ce que tu veux continuer à me poser des questions jusqu'à ce que quelqu'un vienne nous tuer ? Ou bien…

Les yeux d'Athena brillent, maintenant qu'elle en arrive à la véritable raison de sa présence.

– … est-ce que tu veux démarrer ?

Casey rejoint la route sans perdre de temps. Cette fois-ci, c'est elle qui conduit. Athena n'est peut-être pas une enfant, mais ce serait difficile de l'expliquer à un policier.

– Dis-moi où on va, demande-t-elle alors qu'elles arrivent dans l'Arkansas.

Elles roulent depuis des heures, écoutant la radio grésillante pendant qu'Athena joue avec l'outil en forme de levier qui dépasse de son cou.

– À Pittsfield, New York, dit celle-ci en tournant violemment l'outil.

Visiblement, elle essaie de réparer quelque chose, sans grand succès.

– Qu'est-ce qu'il y a là-bas ? insiste Casey qui remue sur son siège.

Les amortisseurs du camion sont fatigués et le voyage n'est pas vraiment confortable. Si elles vont jusqu'à New York, elle espère que c'est pour une bonne raison.

– Quelqu'un qui peut nous faire rentrer, se contente de répondre Athena en agitant le levier.

– Tu veux dire à Tomorr…, commence Casey.

Avant qu'elle ait pu terminer, Athena presse de nouveau le levier et soudain, un rayon lumineux jaillit de ses yeux. Une seconde plus tard, une image apparaît sur le pare-brise devant elles. La petite fille s'est transformée en projecteur humain, ou plutôt AA !

Du coin de l'œil, Casey aperçoit une autre petite fille avec de grands yeux bleus et une moue boudeuse qui indique les étoiles.

– Je veux aller là-bas, dit l'enfant à quelqu'un hors champ.

– Mais c'est si loin ! tente de la raisonner une voix masculine avec gentillesse.

Cette voix a quelque chose de familier, mais Casey n'arrive pas à l'identifier.

– Cela prendra beaucoup de temps, ajoute une femme, elle aussi hors champ. Et si jamais tu y allais et qu'il n'y avait rien ?

– Mais s'il y avait *tout* ? rétorque la petite fille sans hésiter.

Casey reste bouche bée. Comment n'a-t-elle pas compris tout de suite, ou reconnu les voix ? C'est elle ! En train de parler à ses parents !

Elle se rappelle cette nuit : elle ne devait pas avoir plus de trois ou quatre ans, et son père l'avait emmenée regarder les étoiles, comme chaque nuit depuis sa naissance. Ils passaient des heures allongés dans l'herbe à identifier les constellations et à chercher des satellites. Mais ça fait des années qu'ils ne le font plus. Pourquoi Athena lui montre-t-elle ça maintenant ? Et surtout, comment a-t-elle eu cette vidéo ?

Casey prend le temps de se ressaisir. Cette version plus jeune et pleine d'espoir d'elle-même a fait ressurgir tant d'émotions...

– C'était quoi ? demande-t-elle enfin. Comment ça s'est retrouvé dans ta tête ? Tu m'as espionnée ?

– Pas espionnée, corrige Athena, évaluée.

Casey secoue la tête. Quelle est la différence ? Elle a besoin d'une meilleure réponse.

– Alors tu me suis depuis que j'ai trois ans ?

– Bien sûr que non, rétorque Athena comme si c'était ridicule.

Elle explique qu'elle a récupéré cette vidéo sur *YouTube* durant ses recherches.

– Je ne t'ai trouvée qu'il y a un mois, lorsque tu as commencé à détruire les biens du gouvernement. C'est un des critères pour le recrutement.

– Le recrutement pour quoi ? interroge Casey.

Athena hausse les épaules.

– Je n'ai pas le droit de te le dire.

– Attends, réalise soudain Casey. Tu as dit m'avoir donné ton dernier pin's. Donc tu me recrutes pour quelque chose, tu ne veux pas me dire quoi… et je ne suis même pas ton premier choix ?

– Tu étais l'un de mes choix, proteste Athena. C'est déjà bien, non ?

Bah, pense Casey. Visiblement, la petite fille n'a pas été programmée pour être réconfortante et chaleureuse. Est-ce que ça l'aurait tuée de feindre que Casey a un minimum d'importance ? Et, si elle n'est vraiment pas importante, pourquoi les robots de *Blast from the Past* ont-ils tenté de la tuer ?

– D'après mon expérience personnelle, répond Athena quand Casey lui pose la question, j'imagine que c'est parce que tu n'es pas facile à vivre.

Casey rit jaune. Athena n'a pas été programmée avec de l'empathie, mais elle connaît visiblement le sarcasme.

– Tu sais ce que je crois ? insiste-t-elle. Je crois qu'ils ont essayé de me tuer parce qu'ils ont envie de garder secret l'endroit que j'ai vu. Est-ce que j'ai raison ?

– Autant te prévenir, dit Athena. Si tu me poses une seule question de plus, mon Protocole de Contre-Mesure se déclenchera et je me désactiverai.

Casey hausse un sourcil. *Ah oui ?* pense-t-elle. *Elle me croit vraiment si naïve?*

– Tu dis qu'ils ont construit quelque chose qu'ils n'auraient pas dû. Qu'est-ce qui s'est passé là-bas ?

Comme si elle était une lampe qu'on venait de débrancher, Athena s'éteint aussitôt. Son corps se fige et ses yeux se ferment. Casey peut presque entendre le bourdonnement d'un ordinateur qui passe en mode veille

– Bon sang de… !

CHAPITRE DIX

Casey en a vraiment assez de conduire… et d'entendre à la radio des prédicateurs parler de feu de l'enfer, de la peste et de la fin des temps. Ce n'est pas rassurant, ni joyeux, ni même distrayant. Elle commence à se demander si un trajet solitaire en voiture au fin fond des États-Unis peut suffire à rendre fou.

Le camion continue de rouler sur l'autoroute lorsque Casey entend soudain un léger bourdonnement, qui devient de plus en plus insistant. Elle regarde le siège passager et pousse un cri lorsque Athena ouvre les yeux.

– Je croyais que je t'avais cassée ! hurle Casey, une fois sûre que la petite fille va bien. Qu'est-ce qui se serait passé si un flic m'avait arrêtée et que j'avais dû prouver que tu n'étais pas morte parce que tu n'es pas vraiment vivante ? Il m'aurait demandé : « Qu'est-ce que tu fais sur l'autoroute avec un robot du futur ? »

– Pas du futur, corrige Athena. J'ai été construite en 1957.

– Il n'y avait pas de robots en 1957, grogne Casey.

– Bien sûr que si.

Athena remarque les yeux rouges et fatigués de l'adolescente et ses mains tremblantes.

– Je devrais conduire.

– Si tu conduis, tu t'éteindras de nouveau et tu nous feras foncer dans un arbre si je te demande pourquoi tu as une vidéo de moi enfant dans ta tête ! crie Casey.

Athena hésite et pèse ses mots avec soin.

– C'est dans ma tête parce que j'ai cherché quelqu'un comme toi pendant très longtemps. Maintenant, gare-toi, s'il te plaît, souffle-t-elle avec ce qui ressemble à une véritable compassion.

Casey a envie de protester et de pousser Athena à expliquer toutes ses remarques mystérieuses mais elle doit admettre qu'elle est fatiguée. Épuisée, même. Elle se gare lentement sur le bord de la route et laisse Athena prendre le volant. Bientôt, elles rejoignent l'autoroute en direction du nord.

Pendant un moment, le seul bruit dans la cabine est le prédicateur à la radio, qui continue à parler de la faiblesse humaine et de la damnation. Athena penche la tête en l'écoutant.

– C'est joyeux, observe-t-elle, son programme de sarcasme toujours aussi efficace.

– C'est la seule station, répond Casey en haussant les épaules. On ne peut rien faire qu'écouter parler de la fin du monde.

Ce n'était qu'une plaisanterie, pourtant les yeux d'Athena s'assombrissent aussitôt. Si elle n'avait pas su que c'était un robot, Casey aurait juré qu'elle était au bord des larmes. Athena se penche et éteint la radio.

L'adolescente réalise soudain que cette déprime doit avoir un lien avec Tomorrowland.

– Cette ville… pourquoi la construiraient-ils sans dire à personne où elle se trouve ?

– Parce que c'est un endroit spécial, destiné aux gens spéciaux. Comme toi, répond Athena.

Casey remue inconfortablement dans son

siège. Spéciale ? Elle n'est pourtant qu'une fille qui est intéressée par l'espace et qui se trouve dans un camion avec un robot du futur/passé qui l'emmène dans un endroit inconnu au milieu de l'État de New York.

– La personne qu'on va voir, demande Casey en bâillant, comment s'appelle-t-elle ?

– Frank, dit Athena avec un petit sourire. Frank Walker.

Et il est spécial, comme toi, Casey Newton, ajoute-t-elle en son for intérieur. *Comme toi…*

Casey rêve qu'elle est en train de tomber. Le vent siffle à ses oreilles et s'accroche dans ses vêtements. Elle voit le sol qui se rapproche, se rapproche, et…

BOUM !

Elle se réveille en sursaut. Elle se trouve sur un chemin de terre et le soleil se lève derrière une colline proche. Elle se redresse, perturbée. Comment s'est-elle retrouvée là ? Et surtout, où est Athena ? Comme pour lui répondre, elle entend des crissements de pneus : la petite fille est en train de s'enfuir au volant du camion.

– Hé ! crie Casey en se relevant. Qu'est-ce que tu fais ?

Le camion continue sa route. Elle a été abandonnée !

Casey essaie de se repérer. Elle est sur ce qui ressemble à une longue allée. Une vieille boîte aux lettres rouillée au nom de Walker se dresse au bout.

Walker. Frank Walker. Athena a mentionné ce nom dans le camion. Elle a au moins eu la décence d'amener sa passagère à bon port.

En soupirant, Casey époussette son jean et remonte l'allée. Elle aperçoit ce qui devait être une magnifique terre agricole de chaque côté. Mais on dirait qu'elle a été abandonnée depuis longtemps. Une vieille moissonneuse-batteuse gît dans un champ, recouverte de mauvaises herbes. Les portes de la grange sont ouvertes et pendent de leurs gonds, leur peinture rouge devenue grise. Casey se sent étrangement triste en regardant cet endroit. Il est si isolé, si abandonné...

Woof ! Pas si abandonné qu'elle le pensait : un énorme chien contourne la maison et se rue droit sur elle. Casey court aussi vite qu'elle le peut pour le distancer. Derrière elle, l'animal se rapproche. Ses quatre pattes sont plus rapides que les deux jambes de la jeune fille.

Au moment où l'adolescente sent que la fin de son voyage risque d'être désagréable, elle entend un lourd cliquetis et le chien est brusquement retenu en arrière. Il est attaché à une longue chaîne !

Casey pose ses mains sur ses genoux pour reprendre son souffle. Elle garde le chien à l'œil tandis qu'il va et vient au bout de sa chaîne, les babines couvertes de salive. Lorsqu'elle se redresse, l'animal se met à aboyer. Casey arrête de bouger et le chien reprend exactement le même va-et-vient.

La jeune fille fronce les sourcils. Elle se rapproche d'un pas. De nouveau, le chien aboie puis de nouveau, il se remet à marcher, toujours selon le même schéma.

Ce qui est encore plus étrange, c'est que le sol est immaculé. Pas de trace de pattes ou de flaque de bave. *Attends un moment,* réfléchit Casey. *S'il n'y a aucune trace et que le chien agit toujours de la même manière, est-ce que ça veut dire que…*

Pour éprouver sa théorie, Casey avance et laisse le chien lui sauter dessus. Cette fois-ci, elle ne bouge pas. La mâchoire de la créature se referme sur son bras. Mais rien ne se produit. Le chien se contente de lui passer au travers. C'est un hologramme !

– C'est génial ! s'enthousiasme la jeune fille en contournant le gardien.

Elle rejoint la maison, monte les marches jusqu'à la porte d'entrée, frappe et regarde autour d'elle en attendant que quelqu'un réponde. Le porche n'est pas en meilleur état que le reste. Pourtant, juste au-dessus de la porte se trouve une caméra de surveillance flambant neuve.

Qu'est-ce que Walker peut avoir dans ce taudis qui vaudrait la peine d'être surveillé ? se demande Casey en frappant encore.

Elle entend un bruit étouffé à l'intérieur, mais personne ne vient.

– Je vous entends ! annonce Casey.

– Partez ! crie une voix bourrue après une seconde de pause. Vous n'avez pas vu le chien ?

– Si, confirme Casey en regardant la caméra, et c'est un hologramme. Comment marche-t-il en plein jour ?

À l'intérieur, elle entend des pas qui se rapprochent de la porte. Elle a clairement éveillé l'intérêt de l'homme.

– Qui êtes-vous ? demande-t-il. Que voulez-vous ?

– Je m'appelle Casey. Vous êtes Frank, pas vrai ? Frank Walker ?

Personne ne répond. Mais Casey n'est pas allée aussi loin pour abandonner. Et Athena lui a bien dit que cet homme était son point d'entrée vers Tomorrowland. Contre vents et marées, elle parviendra à lui faire ouvrir cette porte.

– J'aimerais que vous m'ameniez là-bas, continue-t-elle en montrant le pin's à la caméra. L'endroit que j'ai vu quand j'ai touché ça.

Qui que soit Frank Walker, il ne pourra jamais passer outre ce pin's. Elle est certaine qu'il va ouvrir d'un instant à l'autre.

Vwwwompv ! Dans une grande explosion de lumière, une onde de choc jaillit de la porte et heurte Casey avant qu'elle comprenne ce qui se passe. Frappée en pleine poitrine, elle est projetée dans les airs et atterrit une dizaine de mètres plus loin, le souffle coupé.

C'est à ce moment seulement, alors qu'elle a les yeux humides et n'arrive plus à respirer, que Frank Walker ouvre la porte.

CHAPITRE ONZE

Pendant le voyage jusqu'à New York, Casey a essayé d'imaginer à quoi ressemblerait le mystérieux Frank Walker. Elle le voyait comme un jeune homme, plutôt *geek*, avec des lunettes qu'il n'arrêterait pas de remonter sur son nez et des vêtements mal assortis. Elle le pensait plein d'optimisme, prêt à partir à l'aventure.

C'est pourquoi elle est plutôt surprise de se retrouver nez à nez avec un vieil homme grisonnant, la barbe poivre et sel, les cheveux bouclés. Il n'a pas du tout l'air d'un geek ! En fait, il est même plutôt beau – pour un vieux. Il semble également très mécontent.

Il fonce en avant, attrape le pin's et la regarde avec un mélange de colère et de curiosité.

– Où as-tu trouvé ça ? grince-t-il.

– C'est une petite fille, halète Casey en essayant de reprendre son souffle. Elle m'a laissée ici.

Une bouffée d'émotion envahit le visage de Frank et son regard s'adoucit. Mais cela ne dure pas longtemps, et ses yeux redeviennent vite glacés.

– D'où que tu viennes, gamine, retournes-y, dit-il en tournant les talons.

Casey se redresse malgré la douleur qui lui brouille la vue.

– Non. Vous devez m'emmener là-bas.

Frank s'arrête et lui fait face. La jeune fille est choquée tant il a soudain l'air fatigué. Il lève le pin's.

– Tu cherches quelque chose qui n'existe plus, dit-il sombrement. Ce que tu as vu, c'est une publicité enregistrée il y a des dizaines d'années. Une invitation qui n'a jamais été envoyée parce que la fête a été annulée. On t'a manipulée pour te faire croire que tu étais spéciale. Mais ce n'est pas le cas. Tu ne l'es pas, ajoute-t-il en la regardant droit dans les yeux.

Il jette le pin's à Casey et retourne vers la maison.

– Euh, murmure celle-ci, ça veut dire non ?

En réponse, il claque la porte. Un instant plus tard, la pluie commence à tomber.

Super, pense Casey. *Me voilà coincée au milieu de nulle part avec un abruti de mauvaise humeur, et je vais me faire tremper.*

Elle soupire et se relève. D'une manière ou d'une autre, Frank devra l'aider.

Ce dernier sait que Casey est toujours dehors, à attendre qu'il change d'avis. Il sait aussi que cela n'arrivera jamais. Elle peut rester là jusqu'à ce que les poules aient des dents – ce qui prendra du temps, puisque cette ferme n'a plus de poules depuis des années – il ne veut plus rien avoir à faire avec Tomorrowland. Cet endroit n'existe plus pour lui.

Pourtant, ce n'est pas la vérité. Frank est tellement énervé d'en entendre parler, de savoir qu'Athena était si proche… c'est bien la preuve que tout cela a encore une importance, que Casey doit sûrement le trouver fatigué et banal. Mais autrefois, il était différent…

Frank regarde l'écran de surveillance, et écarquille les yeux. Quelque chose de très grand… et de très enflammé se dirige droit sur sa maison ! Il fonce dans la cuisine et attrape un extincteur. C'est lui qui l'a conçu, et il est plutôt puissant.

Frank se précipite sur le porche et dévale les marches. Lorsque la boule de feu s'approche, il réalise qu'il s'agit de la vieille moissonneuse-batteuse ! Surpris, il secoue la tête et attend que la machine soit assez proche. Puis il presse la détente.

Aussitôt, une brume glaciale sort du canon pour recouvrir le véhicule et geler son moteur. Les flammes disparaissent sous une fine couche de neige, et la moissonneuse s'arrête, à quelques centimètres de Frank.

Maintenant que le danger est maîtrisé, Frank cherche ce qui s'est passé. Comment la machine a-t-elle pu se mettre en marche alors qu'elle ne fonctionnait plus depuis des années, prendre feu et viser directement sa maison ? Soudain, il comprend. Il vient de se faire avoir par le tour le plus ancien de l'univers : la diversion. Il se retourne, pour voir ses craintes confirmées. Casey se tient sur le porche, tout sourire. Elle lui fait signe de la main, puis se glisse à l'intérieur et verrouille la porte.

– Oh, espèce de..., jure Frank en remontant l'escalier et frappant à la porte. Je te donne cinq secondes pour ouvrir cette...

Vwwommp !

Une onde de lumière jaillit pour le heurter de plein fouet. Il est projeté dans les airs, comme Casey avant lui, et atterrit à une dizaine de mètres de la maison. Pour ne rien arranger, la pluie se remet à tomber. Frank n'est pas seulement humilié... il est aussi trempé.

– Je ne partirai pas ! lui crie Casey de l'intérieur. Soit vous me dites comment y aller, soit vous devrez me tuer !

Elle s'accorde un sourire satisfait. Elle sait que ce n'est qu'une question de temps avant que Frank accepte – ne serait-ce que parce qu'il ne supportera pas qu'elle soit seule dans sa maison, à fouiller et à déranger ses affaires. Casey détaille l'intérieur. Il y a du bazar partout. Des journaux et des livres sont empilés sur le sol et des gadgets étranges, certains terminés, d'autres en morceaux, sont éparpillés sur les étagères, les chaises et plusieurs tables.

Casey continue son exploration dans le salon. Plusieurs photos sont accrochées au-dessus de la cheminée. L'une d'elles représente Frank bébé, une autre un homme à l'air sérieux appuyé à un tracteur. Au milieu des photos se trouve un gadget étrange qui possède une sorte d'œil insectoïde, et de nombreux câbles en fibre optique qui sortent de son dos.

Casey tend la main, curieuse. Frank la tuerait probablement s'il la voyait toucher ses précieuses inventions mais, contrairement à elle, il est à l'extérieur, tant pis pour lui. À peine a-t-elle effleuré l'œil qu'une image holographique se matérialise.

C'est Tomorrowland ! Tout excitée, Casey bouge le doigt et la photo disparaît, remplacée par une autre vue de la ville. Ce gadget est une sorte de vidéoprojecteur. Casey continue à faire défiler des images de Tomorrowland. Soudain, les photos changent. Elle aperçoit désormais Frank Walker à différents moments de sa vie. Elle le voit voler avec un jetpack entre des gratte-ciel, ou bien dans un parc, au milieu de la foule, alors que des feux d'artifice explosent au-dessus d'eux. Sur toutes ces images, Frank a l'air parfaitement heureux.

Casey continue à faire défiler les photos, puis écarquille les yeux. Elle est tombée sur un hologramme de Frank, qui entoure Athena du bras. *Ils étaient amis*, pense-t-elle, étrangement triste. Pas étonnant que Frank se soit énervé quand elle l'a mentionnée.

Sans faire exprès, elle touche un bouton sur le côté du gadget, et l'image est aussitôt remplacée par une vidéo. Incrédule, Casey regarde un Frank enfant tenter de faire rire Athena. Il a beau tout essayer, ça ne marche pas. Il lui raconte une blague, la chatouille, mais elle ne rit pas.

– Tu devrais rire, insiste le jeune Frank. Tous les humains rient.

Dans le salon, le cœur de Casey se serre. Il est évident que Frank ne savait pas ce qu'était réellement Athena. Quand l'a-t-il appris, et comment ? L'homme à l'extérieur a beau être méchant et de mauvaise humeur, elle ne peut s'empêcher de ressentir de la compassion pour le garçon qu'il a été.

Lorsque la vidéo se termine, Casey repose le gadget et quitte le salon. Il est temps de laisser l'inventeur rentrer chez lui. Elle se dirige vers l'entrée lorsque des rais de lumière clignotants attirent son attention sous une porte. Frank est dehors depuis un moment, ce ne sont pas quelques minutes qui changeront grand-chose. Elle ouvre donc la porte et se retrouve dans la salle à manger. Ou plutôt, ce qui était la salle à manger : la pièce est désormais remplie de télévisions. Des dizaines, de toutes formes et tailles, allant de l'énorme poste cathodique à l'écran plat flambant neuf. Mais, même si toutes sont différentes, elles montrent les mêmes images de destruction.

Pourquoi Frank regarde-t-il ça ? se demande Casey en détaillant les moniteurs. *Pourquoi veut-il voir des villes qui s'effondrent et des raz-de-marée meurtriers ?*

Tic-tac.

Soudain, Casey aperçoit une grande horloge digitale au mur, avec des nombres géants en rouge. 0000:059:09:23:36. Puis 35, 34, 33…

Qu'est-ce que c'est que cette ferme flippante ? s'inquiète Casey en reculant d'un pas. *Des télés avec des infos affreuses. Une horloge avec un compte à rebours pour on ne sait quoi et,* ajoute-t-elle mentalement en se prenant les pieds dans un fil, *un câble super-étrange qui mène à…*

Elle suit le fil et réalise qu'il n'y en a pas qu'un, mais plusieurs dizaines ! Certains vont vers les télévisions, d'autres en sortent, mais tous ont l'air de passer par un panneau dans le mur. En regardant par la fenêtre, Casey les voit continuer le long du sol jusqu'à un assortiment d'antennes au fond de la cour.

Il pirate son abonnement télé ? se demande Casey. Cet homme est vraiment étrange.

C'est alors qu'elle entend un bruit de l'intérieur. Elle se retourne juste à temps pour voir Frank émerger d'une trappe sous les escaliers. Il se relève et la foudroie du regard.

– Dehors ! ordonne-t-il, la mâchoire serrée.

– Attendez ! C'est quoi, cette horloge ? demande Casey en levant les mains en signe de paix. C'est un compte à rebours ?

– Dehors ! Maintenant !

– Je ne vais nulle part, s'obstine Casey. Je mérite des réponses. Je sais que vous êtes allé là-bas.

– Tu ne sais rien, répond-il, glacial.

– Comment avez-vous pu quitter un endroit comme…

– Parce qu'ils m'ont viré ! explose Frank avant qu'elle ait pu finir.

Les murs renvoient l'écho de ses mots, pleins de douleur. Il baisse les yeux et, lorsqu'il les relève, sa voix vibre de colère contenue.

– Ils m'ont viré, et ils ont verrouillé toutes les entrées.

Casey regarde Frank. Elle ne comprend pas ce que le gentil garçon de la vidéo a pu faire de si terrible pour être jeté hors du paradis. Soudain, elle se rappelle ce qu'Athena – ou l'un des robots hippies, elle ne se souvient pas – lui a dit.

– Est-ce que vous avez construit quelque chose que vous n'auriez pas dû ?

La surprise se lit sur le visage de l'homme. Puis il soupire : si Casey a tellement envie d'avoir des réponses, il va lui en donner. Mais elle ne les appréciera pas. Il indique l'horloge.

– Imagine que je puisse te donner la date exacte de ta mort.

– Vous êtes médium ? ironise Casey sans pouvoir s'en empêcher.

– Quoi ? demande-t-il, avant de comprendre le sarcasme. C'est une hypothèse.

– C'est une hypothèse stupide, réplique l'adolescente.

Frank prend une grande inspiration pour se calmer malgré la provocation. Finalement, il continue :

– Contente-toi d'imaginer qu'il existe un monde où je connais vraiment l'heure de ta mort. Est-ce que tu voudrais que je te le dise ?

– Bien sûr que je voudrais le savoir. Et si vous me le disiez, il faudrait que je vous croie, observe-t-elle avant de s'interrompre pour réfléchir un instant. Mais peut-être que le fait que je vous croie est la cause de ma mort. Du coup, oui, je voudrais que vous me le disiez. Mais je ne vous croirais pas.

– Il faudrait me croire ! crie Frank, exaspéré.

– Mais pourquoi ? Est-ce qu'on ne crée pas son propre destin ?

Casey trouve plutôt amusant de jouer avec Frank. L'homme se prépare à expliquer de nouveau, quand quelque chose d'étrange se produit. Derrière Casey, l'image sur les écrans vacille. Cela dure à peine plus d'une seconde, mais c'est suffisant pour choquer Frank. Durant cette seconde, les images d'apocalypse ont toutes été remplacées par un ciel bleu, des gens heureux et des paysages idylliques. Puis elles ont disparu. Frank en reste bouche bée.

Casey se retourne pour essayer de comprendre ce qui lui a causé un tel choc, mais ne voit que les télévisions remplies d'horreur.

– Quoi ? demande-t-elle, déconcertée.

Frank ne répond pas. Il avance vers un moniteur différent des autres. Celui-ci affiche simplement un nombre digital : 100. Soudain, alors que Frank le regarde, le nombre change et passe à 99,9994.

Frank dévisage Casey avec, pour la première fois, une lueur d'espoir au fond des yeux.

– Qui es-tu, gamine ?

Avant qu'elle ait pu répondre, une alarme se déclenche. Quelqu'un d'autre vient d'arriver.

CHAPITRE DOUZE

Frank peut compter sur les doigts d'une main les visiteurs qu'il a eus ces vingt dernières années. Et voici qu'en l'espace d'une journée, c'est le deuxième ! Ça n'a aucun sens. Il court dans la cuisine qui lui sert aussi de centre de surveillance et regarde l'écran. Neuf hommes costumés, tous armés, sortent d'un van noir.

Ah, si, finalement, ça a du sens. Ces hommes ont dû suivre Casey.

– John Francis Walker, vous hébergez une fugitive, annonce leur chef, confirmant ses suspicions. Livrez-la-nous, ou vous serez détruit. Vous avez une minute pour obéir.

Une partie de Frank aimerait abandonner Casey et se débarrasser de cette affaire. Mais une autre, celle qui voulait trouver des réponses et changer le futur, sait que l'adolescente est importante, d'une manière ou d'une autre.

En soupirant, il appuie sur un bouton et des portes en acier renforcé s'abattent sur toutes les fenêtres pour rendre la maison hermétique.

– Merci, souffle Casey, soulagée.

Elle sait qu'elle n'a donné aucune raison à Frank de l'aider, et elle se serait à moitié attendue à ce qu'il la laisse tomber.

– Ce n'est pas le moment de me remercier, grogne-t-il. Allez…

Avant que la dernière porte ne se referme, un pied se glisse dessous. Un instant plus tard, deux mains apparaissent dans la fente et commencent à soulever la porte… oui, la porte de métal extrêmement lourde. L'un des hommes en costume apparaît, et Casey déglutit. Aucun être humain n'aurait pu réussir un tel exploit. Ces intrus sont-ils des robots, comme Athena et les hippies fous ?

Comme s'il l'avait entendue, Frank la pousse sur le côté, attrape une sorte de thermomètre à viande et le plante dans le torse de l'homme. Une onde d'électricité jaillit avec un *zap* bruyant et court-circuite ce qui se révèle en effet être un robot.

Frank saisit l'adolescente par le bras sans attendre d'autres ennemis et la tire hors de la cuisine, vers le garde-manger. L'un des robots leur tire dessus et les armoires explosent derrière eux.

– Ils essaient de nous tuer ! s'écrie Casey.

Frank attrape un sac à dos et le remplit de gadgets. Au lieu de boîtes de conserve et de pâte à gâteau, le garde-manger est rempli d'équipements. Visiblement, aucune pièce de cette maison n'est utilisée correctement. L'inventeur s'empare avec précaution d'une boîte cylindrique marquée *Edison* et la glisse dans le sac, qu'il jette à Casey.

– Mets-le sur ton dos, ordonne-t-il.

Dans un bruissement sourd, un laser commence à découper la porte derrière eux, et une étrange lumière bleue envahit la pièce. D'après le moniteur installé dans ce qui devait servir d'armoire à épices, deux robots sont arrivés devant la porte. Casey est terrorisée mais Frank semble bien plus calme. Certainement parce que, lorsqu'il pressera une touche, deux trappes s'ouvriront sous les pieds des robots et les enverront dans une fosse électrique.

Les robots tombent dans un cri. Frank ouvre aussitôt la porte pour se glisser dans la cuisine avec Casey, aux aguets.

Une chance qu'il soit paranoïaque : il a posé des pièges dans toute la maison, au cas où un tel événement se produirait. Dans le salon, un anneau dans le mur est en réalité une machine à téléportation. Lorsqu'un robot se jette sur Frank, Casey parvient à glisser l'objet sur la moitié supérieure du robot, envoyant cette partie on ne sait où. Dans le couloir, à l'étage, deux autres robots sont détruits par une toile de lasers à haute intensité qui les réduit en cubes de métal. Un peu plus loin, Frank tire un levier et transforme un mur entier en aimant géant. Le robot qui les poursuivait est aussitôt collé à la paroi, incapable d'en bouger.

Plus ils courent, plus Casey se dit qu'ils vont finir par s'en sortir. C'est alors que les deux fuyards croisent soudain le chef des robots. Ou, plus précisément, que le visage de Frank croise soudain le poing du chef des robots.

Le chef attrape Frank par la gorge, le soulève dans les airs et le vise de son pistolet.

– Par l'autorité du Gouverneur Nix, cette unité est autorisée à mettre un terme à votre v…

Une batte de base-ball lui heurte le crâne. Ses doigts s'entrouvrent et Frank glisse au sol. Tenant la batte comme une joueuse expérimentée, Casey frappe le robot sans répit.

– Il doit avoir son compte, halète Frank lorsque l'adolescente s'arrête enfin.

Il se relève et lui adresse un sourire reconnaissant. Casey hoche la tête. Elle ne s'attendait pas à un remerciement. Ni à être tirée vers la salle de bains et poussée dans la baignoire en forme d'œuf. Pourtant, c'est exactement ce que Frank fait, avant de s'y installer à ses côtés. Elle se prépare à protester lorsqu'il sort une télécommande du sac. Il entre plusieurs chiffres et un compte à rebours commence.

– Vous allez tout faire exploser ?! hurle Casey. C'est quoi, votre problème avec l'autodestruction ?

– Attention à la tête, se contente de répondre Frank lorsque le sol s'entrouvre devant la baignoire.

Puis un couvercle de métal se pose au-dessus d'eux. Casey réalise bruquement que Frank a transformé une simple baignoire en capsule spatiale !

Boum ! Avant que le cockpit ne puisse se fermer, une batte de base-ball vient le bloquer. C'est le chef des robots ! Ses bras sont enroulés autour de la baignoire et sa tête ressemble à une canette de soda écrasée. Pourtant, il tient encore le coup, ses programmes ne lui laissent pas le choix.

Frank hausse les épaules. Même s'il n'est pas idéal d'avoir quelqu'un accroché dessus pendant le décollage, la capsule devrait tout de même décoller. Il appuie de nouveau sur la télécommande. Le toit explose et, un instant plus tard, la baignoire file à travers l'ouverture, dans l'aube naissante. En dessous, la ferme explose dans un gigantesque *BOUM* et détruit tous les robots qui s'y trouvent.

Casey a toujours rêvé d'un voyage en fusée. Mais elle ne pensait pas que la première fois aurait lieu dans une baignoire modifiée. Pourtant, lorsque la capsule s'écrase enfin dans un lac, à près de deux kilomètres de la ferme détruite, elle en sort avec un sourire jusqu'aux oreilles. C'était génial !

Frank, lui, est à peine sorti de l'engin qu'il disparaît dans les bois. Casey s'allonge pour reprendre son souffle, jusqu'à ce qu'il revienne avec une moto.

– Monte, ordonne-t-il en enfourchant le véhicule.

Casey se glisse derrière lui. Il l'a aidée à arriver jusqu'ici ; elle ne voit aucune raison de l'abandonner maintenant. Frank tente de démarrer au kick, mais rien ne se passe.

Il réessaie. Toujours rien.

– La batterie est morte, déclare Casey après le cinquième essai.

– C'est faux, siffle Frank avec le ton d'un gamin capricieux.

Il descend et commence à fouiller dans son sac. Casey hausse les épaules. Elle ne veut pas se disputer avec lui. Autant descendre de la moto et attendre qu'il admette avoir besoin d'aide, ce qui finira par arriver.

À peine a-t-elle posé le pied au sol qu'elle entend un grondement sourd. Longeant les rives du lac baignées de lumière, un camion fait irruption dans la clairière et freine brutalement à quelques pas d'eux.

– À terre ! crie Frank en dégainant ce qui ressemble à un taser.

– Non ! Attends !

Casey reconnaît ce camion, et elle sait qui est au volant. *Les choses vont devenir intéressantes,* pense-t-elle.

En effet, la porte s'ouvre et Athena descend de la cabine.

– Salut, Frank, dit-elle.

De nombreuses émotions contradictoires se battent sur le visage de l'inventeur. Casey a vu les photos, les vidéos. Elle sait à quel point Athena était importante pour lui autrefois, combien de temps elle a partagé sa vie à Tomorrowland. Frank a soudain l'air plus vulnérable que jamais, comme prisonnier de souvenirs aussi formidables qu'horribles.

– Tu vas me tirer dessus ? demande la petite fille, les ramenant au présent.

Frank plisse les yeux, le regard soudain froid.

– J'y réfléchis, siffle-t-il.

– Tu pourras y réfléchir dans le camion, non ? reprend Athena en se tournant pour remonter dans la cabine.

Casey lui emboîte le pas. Pourtant, Frank ne bouge pas.

– Un instant, annonce-t-il en baissant enfin son arme. Attends.

– Attendre quoi ? demande Casey. Que d'autres robots arrivent ?

– Elle est l'une d'entre eux ! gronde Frank en désignant Athena.

– Je sais, lance Casey en s'installant dans le camion. Alors, vous venez ou pas ?

Casey commence à regretter d'avoir proposé à Frank de monter. Depuis qu'ils ont quitté la clairière, l'atmosphère est glaciale entre Athena et lui. À peine ont-ils atteint l'autoroute, qu'ils se disputent déjà.

Frank n'arrive pas à croire qu'Athena ait impliqué Casey dans ce bazar. Athena n'arrive pas à croire que Frank puisse penser qu'elle implique qui que ce soit dans quoi que ce soit : elle s'est contentée de lui donner le pin's. Les accusations volent d'un côté, puis de l'autre.

Pour se changer les idées, Casey ouvre le sac à dos sur ses genoux et entreprend de fouiller à l'intérieur. La plupart des objets lui semblent inutiles. *Qui pourrait avoir besoin de ce truc étrange avec des miroirs ?* se demande-t-elle en regardant un objet de la forme d'une boule de flipper.

Visiblement, la réponse est *Frank*, car il le lui arrache des mains.

– C'est une bombe d'une kilotonne, grince-t-il en agitant l'objet devant ses yeux. Ce n'est pas un jouet.

Il lui ordonne de ne plus toucher ses affaires, remet la boule dans son sac et place ce dernier entre ses jambes.

Pfff, soupire Casey. *Comment casser encore plus l'ambiance… Et qu'est-ce qu'il fait avec une bombe, d'ailleurs ? Que veut-il détruire ?*

Elle n'a pas le temps de le demander que Frank et Athena reprennent leur dispute. Ils ont beau crier, ils ne progressent pas. Après des années de colère ravalée, Frank se contente de cracher des questions à Athena. Pourquoi est-elle revenue, pourquoi a-t-elle donné ce badge ?

Casey en est à tenter d'évaluer à quel point elle se fera mal si elle se jette du camion en marche… lorsque Athena parvient enfin à mettre fin aux divagations de Frank.

– Je suis désolée, murmure-t-elle, l'air sincère. Mais je n'avais plus de temps, et tu avais besoin de motivation.

– Motivation pour quoi ? demande-t-il en plissant les yeux.

La réponse d'Athena le frappe comme un coup de poing.

– On doit y retourner, Frank.

On doit repartir, hein ? songe-t-il lorsque Athena gare le camion derrière une station de télévision. Eh bien, c'est formidable ! Au moment où il a enfin réussi à reconstruire sa vie – enfin, en partie : il parvient à sortir de chez lui au moins une fois par semaine –, Athena se prépare à tout changer… de nouveau.

– Frank, ça n'a rien de personnel, murmure la petite fille comme si elle lisait dans ses pensées. C'est ma programmation.

CHAPITRE TREIZE

Frank et Casey se tiennent sur un parking, derrière une petite station de télévision en Albanie, dans l'État de New York. Ils regardent une grande parabole satellite. C'est le milieu de la journée, et les journalistes sont tous à l'intérieur pour traiter les informations du jour. S'ils avaient la moindre idée de ce qui allait se passer ici, ils auraient foncé sur le trio.

Heureusement, leur groupe passe inaperçu et Athena leur décrit le plan. Visiblement, rejoindre Tomorrowland n'est pas si facile. D'abord, ils doivent atteindre le Spectacle.

– Le Spec-quoi ? demande Casey.

– Tu es folle, répond Frank à Athena en ignorant la question de Casey. Ils nous attendr…

– D'accord, l'interrompt la jeune fille. Alors donne-moi le Tube Edison et nous irons sans toi.

– Je ne l'ai pas, ment très mal Frank.

– Il est dans ton sac. J'ai une vision à rayons X.

Frank a l'air choqué. Il ne le savait apparemment pas.

– Elle est pleine de surprises, observe Casey.

Il se tourne vers elle, furieux.

– Je sais tout de ses surprises, gamine. Et la plus importante, c'est que…

Il pointe Athena du doigt.

– Elle n'en a rien à faire de toi. Son charme ? Ce ne sont que des programmes. Des uns et des zéros.

La colère de Frank prend Casey par surprise.

– Qu'est-ce qui s'est passé entre vous ? souffle-t-elle.

– Il pense que je l'ai blessé, répond Athena.

– Non, grince Frank. Tu as blessé un gamin stupide qui a été assez bête pour tomber amou…

Il s'interrompt pour ne pas lui donner ce plaisir.

– Qui aurait dû se méfier.

Il se détourne et regarde le sol. Derrière lui,

Athena ne bouge plus. Casey a l'impression que ce dernier commentaire l'a blessée. Mais elle est un robot… C'est impossible, n'est-ce pas ?

Athena secoue la tête et tente de revenir au sujet.

– Et si tu nous donnais le Tube Edison, et….

– Tu veux rentrer ? interrompt Frank. Très bien, je vous y amènerai. Pourquoi pas ? C'est mieux que de rester ici à attendre d'être chassé et tué.

Il se dirige vers une petite cabane proche de l'antenne satellite. En haussant les épaules, Casey le suit ; Athena finit par leur emboîter le pas. Une fois à l'intérieur, Frank ouvre une

trappe au fond de la pièce. *Il est visiblement déjà venu ici,* remarque Casey lorsqu'il disparaît dans l'obscurité.

L'adolescente descend l'échelle derrière la trappe, se laisse tomber lorsqu'elle arrive au bout, et chute sur une distance étonnamment longue. Elle atterrit avec un bruit sourd et s'apprête à expliquer à Frank que c'est toujours mieux de prévenir, lorsqu'il tire sur une ficelle qui pend d'une ampoule.

Aussitôt, la pièce entière est éclairée d'une vive lumière bleue. Casey écarquille les yeux. D'épais câbles translucides ondulent dans tous les sens : sur les murs, le long du sol, ils sont connectés à une sorte de grand frigo, au centre de la pièce. Frank s'approche d'un mur et tire plusieurs leviers. L'appareil commence à bourdonner.

– Qu'est-ce que c'est que ces câbles ? demande Casey en se penchant pour mieux voir les fils.

– Ils servent à transmettre les gens, répond Frank comme si c'était évident.

– À quoi ? bredouille Casey.

– Je dois vraiment tout t'expliquer ? persifle l'inventeur. Tu ne pourrais pas juste être impressionnée ?

Il s'approche d'une table posée dans le coin de la pièce, et commence à triturer l'un des plus petits fils.

Casey le regarde faire en pensant à quel point elle aimerait le gifler. Puis son esprit entre en ébullition lorsqu'elle comprend peu à peu. Les câbles. La station de télévision. L'antenne. Tout est lié.

– Tout est connecté à la parabole là-haut, souffle-t-elle enfin. Tu utilises un satellite ?

Frank s'interrompt pour la regarder, surpris qu'elle ait trouvé la réponse. Puis il hausse les épaules. Elle a compris, super, génial. Il doit se concentrer sur des choses plus importantes. Il lui lance un rouleau de scotch noir.

– Enroule ça autour de tes yeux. Et serre bien.

Casey n'aime pas se rendre volontairement vulnérable, mais elle ne voit pas d'autre solution. Elle se couvre les yeux en soupirant. *Ce n'était pas si difficile,* admet-elle. *Mais si ce scotch m'arrache les sourcils…*

– Ouvre la bouche et mets la tête en arrière, ordonne Frank.

Casey obéit. Elle manque vomir quand il lui verse une poudre écœurante sur la langue.

– Beurk ! grogne-t-elle lorsqu'elle parvient enfin à avaler. Qu'est-ce que c'était ?

– De la poudre, répond Frank, ce qui ne l'aide pas beaucoup.

Pendant que Casey essaie de se débarrasser de l'arrière-goût immonde, Frank se tourne vers Athena qui surveille une jauge sur le côté du frigo. Une flèche est braquée sur ENVOI. Ils sont prêts.

– Parfait, rentre les coordonnées de la tour.

Il s'interrompt, soudain inquiet.

– Il y a toujours un récepteur là-bas, pas vrai ?

– La dernière fois que j'ai vérifié, oui, confirme Athena.

– Et c'était quand ?

– Il y a vingt-cinq ans. Environ.

Derrière son scotch, Casey se demande si Frank est aussi surpris qu'elle d'apprendre qu'Athena a elle aussi été bannie de Tomorrowland. Si elle avait pu voir son expression, elle saurait que la réponse est oui.

Soudain, Casey sent la main de Frank sur son bras, qui la guide. Une brise fraîche la caresse, puis, il la soulève sans cérémonie et l'installe accroupie dans ce qui doit être le frigo. Enfin, il pose d'épais écouteurs sur ses oreilles.

Avant qu'elle ne puisse plus rien entendre, il ajoute :

– Tu vas avoir froid, être éblouie et assourdie. Tu perdras 90 % du sucre dans ton sang en un centième de seconde, et tu voudras mourir. Puis, ce sera terminé.

Pendant que Casey réfléchit à ces derniers mots réjouissants, Frank installe Athena dans le frigo. Il ne la prévient pas, elle. À la place, il regarde Casey, et demande :

– Pourquoi maintenant ? Pourquoi elle ?

– Parce qu'elle n'a pas abandonné, répond Athena, la voix confiante.

Soudain, Frank comprend.

– Tu penses qu'elle peut le réparer, murmure-t-il avec une once d'espoir. C'est possible ?

– Je n'en ai aucune idée, admet Athena avant de hausser les épaules. C'est ce que nous allons découvrir.

Frank hoche la tête. Le destin du monde dépend de la réponse. Il se glisse dans le frigo, enfile ses propres protections puis referme le couvercle sur eux.

Un instant plus tard, la pièce se remplit de lumière et, dans un bruit de tonnerre, l'appareil disparaît.

Frank n'a pas menti. Casey a en effet envie

de mourir. Lorsque le couvercle s'ouvre, elle titube dehors, envahie d'une soif plus intense que jamais. Sa bouche semble remplie de sable et elle jurerait que ses veines ont rétréci. Elle est incapable de prêter attention à l'endroit où elle se trouve avant qu'Athena lui tende une vieille bouteille de soda, qu'elle vide en moins de trente secondes. Elle soupire de contentement, puis regarde enfin autour d'elle.

Cette pièce est plus petite que la précédente, et se situe à la surface. Lorsque ses yeux s'adaptent, Casey aperçoit de la lumière qui filtre d'une petite fenêtre au-dessus de la seule porte. Celle-ci comporte de nombreux verrous, tous fermés de l'intérieur. La jeune fille frissonne en se demandant contre qui – ou contre quoi – ces protections sont prévues.

Les mots de Frank la rendent encore plus nerveuse :

– Bon, on n'a aucune idée de leur nombre, mais on peut être sûrs qu'ils viendront. Alors bougez vite, suivez-moi, et… pas de questions, termine-t-il en fixant Casey droit dans les yeux.

– D'accord, répond l'adolescente en laissant échapper un rot dû au soda.

Frank lève les yeux au ciel, puis commence à

enlever un verrou après l'autre. Enfin, il ouvre la porte.

– Bienvenue à Paris !

Paris ? répète silencieusement Casey. Comment pourraient-ils se trouver à Paris alors qu'ils se tenaient dans l'État de New York dix minutes plus tôt ? *Peut-être que le frigo a perturbé Frank,* pense Casey. *Ou peut-être que j'ai mal entendu. Ou bien...*

Puis elle aperçoit le monde de l'autre côté de la porte. Devant ses yeux s'étend une ville de contes de fées. Il s'agit bien de Paris, en France. D'une manière ou d'une autre, ils ont atterri au deuxième étage de la tour Eiffel.

Casey sort lentement de la pièce et arrive au milieu des touristes. Il est tard le soir, et la vue est éblouissante. Casey remarque à peine les gens. Elle est trop occupée à se demander comment elle s'est retrouvée là.

Frank et Athena sont davantage conscients des gens autour d'eux. Ils savent, eux, à quel point n'importe qui pourrait être un robot en patrouille. Ils restent donc prudents en se frayant un chemin dans la foule.

Quelques minutes plus tard, une voix de femme dans un haut-parleur annonce dans un français parfait la fermeture officielle de la tour.

– Très bien, déclare Frank après avoir traduit pour Casey. Si tout le monde part, peut-être serons-nous les seuls à nous faire tuer.

Il accélère puis tourne pour mener Athena et Casey à une porte. Une corde de velours rouge est tirée devant, et une petite plaque explique aux visiteurs qu'ils se trouvent devant l'appartement de Gustave Eiffel, l'ingénieur qui a conçu la tour. Un garde à l'air sérieux surveille les environs.

– Nous devons être sur leur liste de suspects, murmure Frank en s'écartant de la porte. Mais ils n'ont probablement pas ton profil de reconnaissance faciale en ligne.

– Probablement ? répète Casey.

Elle n'aime pas ce mot. *Sûrement,* voilà ce qu'elle veut entendre. Dire *probablement,* c'est comme dire qu'elle se fera attraper.

Frank l'ignore et recommence à fouiller dans son sac. Cette fois-ci, il sort ce qui ressemble à un diapason.

– Va voir le garde et plante-lui ça dans le torse, explique Frank en lui tendant l'objet. S'il est humain, ça l'assommera.

– Et si c'est un robot ?

– Tu l'énerveras, répond Frank en haussant les épaules.

– Super, ironise Casey.

Elle prend une grande inspiration et avance jusqu'au garde, qui la regarde avec méfiance. Casey n'attend pas qu'il agisse pour le toucher avec le diapason. Aussitôt, il s'effondre au sol comme un sac de pommes de terre. Casey sourit. Ça s'est mieux passé qu'elle le pensait.

Frank et Athena ne perdent pas de temps. Pendant que la petite fille utilise les clés du garde pour ouvrir la porte, Frank le traîne à l'intérieur par les pieds. Casey les suit, excitée comme une puce.

L'appartement a été meublé pour ressembler à ce qu'il devait être lorsque Gustave Eiffel l'habitait. Quatre mannequins se tiennent à différents endroits de la pièce. Chacun porte une plaque sur ses pieds, et Casey lit les noms tout bas : Edison. Eiffel. Tesla. Verne.

– Les Français détestaient ce truc quand Eiffel l'a dévoilé à l'Exposition universelle de Paris, explique Frank en la regardant réfléchir. Gustave s'en moquait. Cet endroit ne devait pas être un monument. Il servait à trouver un autre monde.

– Tomorrowland ? suggère Casey.

Frank acquiesce en sortant le Tube Edison.

– Les quatre premiers ont construit cette antenne géante pour…

– Attends… la tour Eiffel est une antenne ? intervient Casey.

– Oui, répond Frank, un peu agacé.

Elle lui demande toujours des réponses et, pour une fois qu'il en donne, elle ose l'interrompre ? En soupirant, il continue :

– C'est une antenne qui observe toutes les fréquences qui existent. Et ils ont trouvé exactement ce qu'ils cherchaient.

Il s'interrompt pour ouvrir un vieux phonographe. Casey attend, curieuse de la suite.

– Il y a toujours eu des rumeurs d'une entrée secrète, une que les Quatre gardaient pour eux seuls, en cas d'urgence. Le Spectacle.

Frank glisse le Tube Edison dans un trou du phonographe. Il y a un déclic lorsqu'il se met parfaitement en place, puis un vrombissement sourd. Aussitôt, la pièce commence à changer sous leurs yeux. Les murs s'effondrent et s'étendent. Les peintures tournent sur elles-mêmes et les bibliothèques pivotent jusqu'à ce que la pièce ressemble finalement à la version antique d'une salle de contrôle.

Au centre se trouve une machine qui, même si elle est plus simple que les ordinateurs actuels, a clairement été construite pour résoudre des équations de mathématiques avancées et faire avancer la recherche scientifique. C'est une gigantesque machine pensante, très avancée pour son époque. Un petit interrupteur se trouve à son pied.

Malgré ses efforts pour ne pas laisser paraître son excitation, Frank est clairement fou de joie.

– Tu n'as encore rien vu, gamine, dit-il en poussant l'interrupteur.

Et il a raison. Ce qui arrive ne ressemble à rien de ce que Casey a pu voir, imaginer, lire ou regarder à la télévision. Devant ses yeux, la pièce commence à frémir et vibrer. Un bourdonnement de plus en plus bruyant s'échappe de quelque part en dessous.

Puis, la pièce s'ouvre par le milieu.

Ce n'est pas la seule chose qui se sépare. La tour elle-même a commencé à grincer au rythme du bruissement. Sur le sol, les touristes poussent des cris alors que la tour Eiffel se divise en deux parties égales.

En haut, dans l'appartement de Gustave Eiffel, ou au moins sa moitié, Casey regarde dans le vide. Une fissure semble séparer deux morceaux de la tour ; de la vapeur et de la fumée commencent à en sortir. Et pendant ce temps, le grondement continue. Petit à petit, un énorme propulseur apparaît des profondeurs.

Casey écarquille les yeux et sent la chair de poule l'envahir. Elle réalise qu'un vaisseau est accroché au dos de la fusée lorsque celle-ci passe devant elle. C'est la chose la plus incroyable qu'elle ait jamais vue. Ça ne ressemble à rien de ce que la NASA a construit. C'est plus grand que tout ce qu'ils ont produit, avec des lignes uniques et des portails étranges à différentes hauteurs. Il ressemble presque à un sous-marin sorti d'un roman de Jules

Verne, tourné verticalement. Le nom du vaisseau est inscrit sur son flanc : SPECTACLE.

Enfin, le propulseur s'arrête. Un sas d'entrée se trouve désormais au niveau de ce qui était l'appartement de Gustave Eiffel. Sans hésiter, les trois amis montent à l'intérieur. Ils avancent jusqu'au cockpit, où quatre sièges sont installés en cercle. Une grande fenêtre leur dévoile le ciel nocturne rempli d'étoiles.

Casey se glisse dans l'un des sièges ; ses mains tremblent tandis qu'elle essaie d'accrocher son harnais. Ça y est… Elle est dans un véritable

vaisseau spatial ! Et, d'après les chiffres qui s'affichent devant elle, ils vont décoller dans moins de dix secondes.

– Ça va ? demande Frank.

– Super, répond Casey, l'air blasé. Et vous ?

Frank hoche la tête d'un air nonchalant en s'asseyant. Pourtant, il ne peut cacher les émotions qui l'envahissent. Enfin, il va retourner à Tomorrowland. À côté de lui, Athena s'installe. Elle est la plus calme de tous..

– T moins six… cinq… quatre… trois… deux…, compte Casey. C'est parti !

Dans une énorme explosion d'énergie, les propulseurs s'allument et la fusée décolle. Des flammes brûlantes jaillissent de ses moteurs pour lui donner plus de puissance… et le vaisseau s'envole dans le ciel nocturne.

– *Yahooo !* s'écrie Casey, collée à son siège par la violence de l'accélération.

Elle regarde par un hublot à côté d'elle et voit la Terre devenir de plus en plus petite tandis qu'ils s'élèvent.

– Tomorrowland est sur une autre planète ? crie-t-elle à Frank pour couvrir le grondement de la fusée.

– Pas exactement ! hurle-t-il en réponse.

Avant qu'elle ait pu lui demander ce qu'il voulait dire, le vaisseau frémit lorsque la fusée se sépare de lui. Quelques secondes plus tard, son nez commence à pencher en direction de la Terre.

– Pourquoi est-ce qu'on y retourne ? questionne Casey, déconcertée.

– On n'y retourne pas, précise Athena. On passe au travers.

Le Spectacle se met à accélérer. Cette descente est bien plus impressionnante que son décollage. Casey voit les étoiles passer de plus en plus vite par le hublot. Est-ce qu'ils sont allés dans l'espace pour avoir de l'élan ? Pourquoi auraient-ils besoin d'élan ? Sauf si…

Au moment où elle comprend que ça ne sera pas un simple retour en orbite, le Spectacle bondit en avant. Une nouvelle onde d'énergie jaillit de ses moteurs et l'envoie vers la Terre à une vitesse incroyable.

Et c'est alors que… *bam !*

Le vaisseau ralentit aussi vite qu'il a accéléré. L'air autour de Casey devient flou. Les corps de Frank et Athena ont l'air de s'étirer et de se contorsionner. Le temps semble ralentir. On dirait que quelqu'un a appuyé sur « pause » alors qu'ils se fraient un chemin à travers une barrière invisible.

Au moment où Casey est convaincue qu'elle va se faire écraser, ou que tout son corps sera tordu en une forme méconnaissable, le temps reprend son droit avec un *pop !* violent. Ils sont de l'autre côté !

C'est alors que l'alarme commence à couiner.

Casey ne peut s'en empêcher : elle se met à hurler. En regardant par le hublot, elle voit qu'ils sont désormais en train de chuter à travers les nuages. Ils vont s'écraser au sol !

– Tiens bon ! crie Frank.

Ça y est, pense Casey en fermant les yeux. *Je vais mourir. Je ne verrai jamais Tomorrowland. Je ne dirai pas au revoir à mes parents. Je ne serrerai plus Nate dans mes bras en lui disant que ce n'est pas grave d'avoir un doudou. Non, je vais être réduite en poussière et…*

– Casey, réveille-toi, dit Athena en la secouant gentiment. On est arrivés.

L'adolescente ouvre prudemment un œil, puis un autre. Elle est en vie ! Elle doit s'être évanouie et a raté leur atterrissage, mais elle s'en moque. Elle est en vie, et surtout, elle est arrivée.

Elle est à Tomorrowland !

CHAPITRE QUATORZE

Casey sort du vaisseau et se retourne pour le regarder. Il est en mauvais état, mais tient toujours debout, ce qui est plutôt rassurant si c'est leur moyen de retour.

Elle titube le long de la plate-forme et se rend rapidement compte que c'est le Spatioport de sa vision. Pourtant, quelque chose cloche. Il y a bien des vaisseaux accrochés aux plates-formes, mais ils sont visiblement hors-service. Personne ne se précipite pour prendre un vol ou retourner sur terre avec des spécimens venus d'endroits lointains. Le bâtiment entier a l'air d'avoir été abandonné depuis très longtemps.

Il n'empêche...

– Je ne rêve pas, murmure Casey lorsque Athena la rejoint. Je suis vraiment là.

Athena hoche lentement la tête. Sa réaction n'est pas du tout aussi enthousiaste que celle de Casey. Elle est troublée par ce qu'elle a vu jusqu'à maintenant. Et Frank semble partager son avis. Il se tient au bord du Spatioport et regarde la ville.

La ville ne ressemble pas du tout à la merveille lumineuse dont il se souvient. Il n'y a pas de monorail, et personne ne vole avec un jet-pack. Pourtant, malgré cela, Frank est envahi par l'émotion. C'est le seul endroit qu'il ait jamais considéré comme son foyer. Et le voilà de retour. Enfin !

Perdu dans ses souvenirs, il n'entend pas Casey s'approcher jusqu'à ce qu'elle se mette à parler.

– C'est magnifique, souffle-t-elle.

– Ça l'était, corrige-t-il en soupirant.

Et ça peut peut-être le redevenir, pense-t-il. Il regarde Athena.

– Qu'est-ce qu'on fait maintenant ?

– À toi de me le dire.

Il réagit comme si elle l'avait giflé. Se moque-t-elle de lui ? Elle n'est pas sérieuse !

– À moi de te le dire ? C'était ton idée !

– Je n'ai pas d'idée, explique Athena en haussant les épaules. Je me contente de trouver ceux qui en ont.

– Donc on n'a pas de plan.

– Il y en a un, répond Athena. C'est juste que tu ne l'as pas encore trouvé. Mais tu y arriveras bientôt.

Tout en parlant, elle indique quelque chose d'un signe de tête. Frank se tourne et jure dans sa barbe. Le MAGrail est en train de se diriger vers eux. Ce n'est plus le monorail brillant et translucide d'autrefois. Ses flancs blancs ont été peints en noir et les vitres teintées pour que personne ne puisse voir les passagers à l'intérieur. Il ressemble à un requin qui fond sur sa proie.

– Ils savent qu'on est là ? demande Casey.

– Ils savent presque tout, confirme Frank.

Casey déglutit. Au ton de sa voix et à la forme du MAGrail, elle se doute que ce n'est pas une bonne chose. Le train est-il rempli de robots prêts à la tuer ? Ou pire ?

Frank se penche, enlève son sac à dos et commence à fouiller dedans.

– Athena, demande-t-il en cherchant quelque chose. Tu as toujours un compartiment avec ta batterie de réserve ?

– Oui, pourquoi ?

– Tu veux bien y cacher ça ? suggère-t-il en sortant la boule de flipper.

– Sans problème, répond Athena.

Elle soulève son T-shirt pour exposer son ventre et appuie doucement sur son nombril. Un petit compartiment s'ouvre sur le côté dans un léger ronronnement. Elle retire ce qui ressemble à une batterie ordinaire de AA, la remplace par la boule de flipper puis referme sa cachette.

Casey regarde la scène, intriguée. Soudain, une idée la frappe.

– Euh, ça ne serait pas le truc explosif à une kilotonne avec lequel je ne devais pas jouer ?

Frank acquiesce... ce qui ne fait rien pour calmer ses nerfs.

– C'est notre police d'assurance, explique-t-il. Il est possible qu'ils essaient de nous tuer en nous voyant.

Un instant plus tard, le MAGrail s'arrête devant eux, avec pour seul bruit le léger vrombissement de ses coussins d'air. Casey l'observe, partagée entre la curiosité et la peur. Dans ses visions, cet endroit était si beau et calme, une forteresse dédiée à l'avancement scientifique. Mais il est clair que tout cela n'existe plus.

Enfin, le pare-brise s'abaisse pour révéler l'intérieur. Trois gardes en uniforme impeccable les surveillent, évaluant leur niveau de danger. Visiblement rassurés, ils sortent du véhicule.

Frank marmonne dans sa barbe lorsqu'un homme qui doit avoir le même âge que lui s'approche de leur groupe. C'est David Nix. Et il n'a pas pris une ride depuis que Frank l'a rencontré, il y a quarante ans. Ses yeux bleus sont toujours brillants et sa peau parfaite.

– Frank, tu as l'air en forme. La vieillesse te va bien, annonce-t-il.

Son ton est amical mais le sens reste clair : pourquoi Frank est-il ici ? Il n'est pas le bienvenu.

– Merci, répond Frank, le regard haineux. Tu devrais essayer.

Nix hausse les épaules. Il n'a aucune envie de vieillir. C'est tellement *primitif*. Il se tourne vers Athena et sourit.

– Bonjour, Athena. Je commençais à me dire que tu ne reviendrais jamais. Où étais-tu ?

Casey regarde la jeune fille avec attention mais, comme d'habitude, l'androïde ne montre aucune colère ni confusion.

– Je faisais mon travail, répond-elle.

– Ton travail ? répète Nix en haussant un sourcil. Nous n'avons pas été clairs en suspendant tes protocoles de recrutement ?

Cette fois, la réponse d'Athena est moins calme.

– J'ai cru le comprendre quand vous m'avez dit que j'étais « complètement dépassée » et quand vous avez essayé de me démanteler, oui.

Le sourire de Nix se fige un instant. Personne ne lui a parlé ainsi, pas depuis longtemps. Il avait oublié à quel point il détestait les sarcasmes. Il soupire et reprend :

– En tout cas, vous avez causé beaucoup d'agitation en faisant décoller un vieux vaisseau spatial de la tour Eiffel. Dans des circonstances normales, nous devrions travailler jour et nuit pour faire croire aux gens que ce n'était qu'une plaisanterie élaborée. Mais..., dit-il se tournant vers Frank, ...heureusement pour nous, cela n'a plus aucune importance, n'est-ce pas ?

Casey a regardé ces retrouvailles comme si elle avait pris un film en plein milieu. Elle sait vaguement qui sont les acteurs et qu'ils se connaissent, mais elle ne dispose d'aucun détail. Et c'est très frustrant.

– Euh..., intervient-elle, incapable de se contrôler. Pourquoi est-ce que ça n'a plus d'importance ?

Pour la première fois, David Nix s'intéresse à elle.

– Et qui es-tu donc ? demande-t-il en haussant un sourcil curieux.

Casey est plutôt surprise. Lorsque Frank a dit tout à l'heure que les habitants étaient au courant de leur arrivée, elle pensait que cela l'incluait.

– Je suis Casey Newton. Et, euh, qui êtes-vous donc ?

– David Nix. Ravi de te rencontrer, répond l'homme, amusé, en lui tendant la main.

Casey la serre prudemment.

– Vous êtes un robot ?

– Oh, non, rit Nix. On m'a parfois accusé d'être sans cœur, mais je suis cent pour cent organique.

Il s'interrompt et regarde Frank. Son sourire disparaît ; les formalités sont terminées. Il est temps de parler sérieusement.

– C'était formidable de se revoir, mais je suis obligé de demander… qu'est-ce que tu fais là ?

Frank doit admettre que c'est une bonne question. Lorsque Nix l'a banni de Tomorrowland, il lui a dit en termes très clairs que la punition serait sévère s'il brisait son exil. Jusqu'à récemment, il a rêvé de revenir, mais n'a jamais osé. Puis il a rencontré Casey, et Athena est revenue dans sa vie. Sa fierté n'a plus aucune importance : il doit aider Casey à accomplir un destin dont elle n'a même pas conscience.

– Je pense qu'elle peut le réparer, dit-il enfin.

– Pardon ? s'étonne Nix sans comprendre.

– Elle, dit Frank en désignant Casey. Je pense qu'elle peut le réparer.

– Euh… quoi ? demande l'adolescente.

Depuis qu'elle a rencontré Frank, il a semblé se désintéresser totalement d'elle. Et maintenant, il dit qu'elle peut aider à faire quelque chose ? Ça n'a aucun sens.

Nix, lui, a l'air de comprendre. Il s'approche de Frank, les yeux brillants, et attend qu'il continue.

– J'ai piraté votre signal, explique celui-ci. chaque fois que vous l'allumez ici, je le vois chez moi. Et il a… frémi. Le pourcentage a *baissé*, David.

– Impossible, murmure Nix.

– Tu penses que je mens ? le défie Frank. On n'a qu'à regarder. Maintenant.

Pendant un instant, les deux hommes se foudroient du regard, engagés dans une silencieuse bataille de volonté. C'est Casey qui les interrompt. Elle tire sur la manche de Frank, qui ne lui prête pas attention. Du coup, elle tire plus fort.

– Euh, qu'est-ce que je peux réparer, exactement ?

C'est Nix qui répond. Et sa voix dégouline de cynisme.

– Le monde, mademoiselle Newton. Il pense que vous pouvez réparer le monde.

CHAPITRE QUINZE

L'aube pointe à peine lorsque le MAGrail conduit Casey et les autres au cœur de Tomorrowland. La lumière du soleil levant baigne le paysage d'orange, de rouge et de jaune. Malheureusement, les objets touchés par ce magnifique éclairage ne sont pas aussi beaux. En regardant ce décor qui défile, Casey commence à réaliser à quel point ce Tomorrowland est différent de celui de ses visions.

Le mélange harmonieux de la nature et de l'architecture qui donnait une ville équilibrée et pleine de vie a disparu. La technologie a gagné.

Tout semble plus sombre, plus froid, moins vivant et plus métallique.

– Pas aussi vert que dans mes souvenirs, observe Frank en prononçant à voix haute ce que Casey pense tout bas.

Il se tient à l'avant avec Nix, et tous deux regardent par le pare-brise.

L'homme hausse les épaules.

– L'herbe, les arbres, c'est bien beau mais ça ne génère pas la puissance dont nous avons besoin.

Mais il ne manque pas que la faune et la flore.

– C'est si vide, remarque Casey. Combien de gens vivent ici ?

– Ce qu'il faut, répond Nix.

Ce qu'il faut ? se répète l'adolescente. Le plan n'était-il pas de partager cet endroit avec le monde entier ? D'en faire un endroit qui donne de l'espoir et montre le pouvoir des possibilités ?

– Que s'est-il passé ? demande-t-elle.

Bien entendu, elle aurait dû savoir qu'une telle question allait entraîner une nouvelle réponse obscure.

– L'Oracle, dit simplement Frank en regardant par la fenêtre.

En suivant son regard, Casey aperçoit une énorme tour qui surplombe toute la ville. Elle la reconnaît ! Elle était dans les visions créées par son pin's. À l'époque, la tour était plus petite ; désormais, elle est recouverte de câbles épais. Et Casey est sûre qu'il n'y avait pas l'énorme sphère qui flotte au sommet, grésillant d'énergie. L'adolescente frissonne. Cette sphère a quelque chose de perturbant.

Avant qu'elle puisse demander des précisions à Frank, le MAGrail s'arrête doucement et les portes s'ouvrent. Elle descend sur la plate-forme et suit Nix qui les conduit dans un endroit dont elle se souvient : Bridgeway Plaza. Les portails qu'elle avait vus à l'époque sont toujours là, mais la plupart sont sombres. Aucun habitant exotique n'apparaît de l'autre côté. Personne ne passe plus au travers.

Ils se dirigent vers l'un des portails, et Frank fronce les sourcils. Un large groupe de AAs vient d'en sortir en transportant de nombreuses œuvres d'art. L'un d'eux tient une énorme toile peinte de couleurs vibrantes, et un autre serre plusieurs vieux parchemins contre son bras.

– Qu'est-ce que c'est que ça ? demande Frank, déconcerté.

– L'histoire. Nous essayons de la préserver. (Le visage de Frank s'assombrit, et Nix continue.) C'est la culture de la Terre. Tu préférerais qu'elle soit perdue à jamais ?

– Perdue ? répète Casey, qui en a assez de ces mystères inquiétants. Où est-ce que vous allez les entreposer ? Est-ce que c'est… un portail vers la Terre ?

– Non, corrige Nix alors qu'ils arrivent au pied de la tour, c'est un pont vers la Terre.

La tour est encore plus grande qu'elle en avait l'air depuis la station de MAGrail. Casey penche la tête au maximum en arrière pour la voir dans sa globalité. Les câbles qui montent jusqu'à la sphère sont de tailles diverses, mais tous crépitent d'énergie. Nix appuie sur les boutons d'une sorte de télécommande fixée à son poignet, et la sphère commence à descendre vers eux. Elle rappelle à Casey la boule disco du jour de l'an, sur Times Square.

– On dirait que tu l'as améliorée, observe Frank en regardant la sphère s'approcher.

Dans sa bouche, ça ne sonne pas comme un compliment. Pourtant, Nix le prend comme tel. Il sourit d'un air suffisant, visiblement content de lui.

– La tour génère désormais plus d'énergie que toutes les sources de puissance solaire, éolienne et photosynthétique combinées. Du coup, elles sont devenues plus ou moins obsolètes. C'est cette sphère qui alimente la cité entière. Incroyable, hein ?

– Incroyable, confirme Frank.

La sphère s'arrête enfin à une trentaine de mètres au-dessus du groupe. Dans un craquement sourd, le bas se déconnecte pour révéler une plate-forme circulaire, qui descend vers eux en bourdonnant. Lorsqu'elle se pose enfin, Nix incite les autres à monter à bord.

Casey regarde la plate-forme avec méfiance. Elle a toujours aimé l'aventure, mais elle apprécie aussi la physique… et ce truc semble défier les lois de la gravité. À côté d'elle, Frank et Athena hésitent également. Mais lorsque Nix monte à bord sans que rien se passe, tous finissent par l'imiter.

Aussitôt, la plate-forme s'élève. Casey écarte les bras pour essayer de garder son équilibre. Lorsqu'elle s'est assurée de ne pas passer par-dessus bord, elle se détend un peu. C'est alors qu'elle remarque quelque chose d'étrange.

Une faible énergie bleue pulse tout autour d'eux. Et, au milieu de cette lueur, des sortes de fantômes ont l'air d'apparaître au hasard. Ils sont transparents et flous, certains plus clairs que d'autres. Casey pousse un cri en apercevant un fantôme qui lui ressemble comme deux gouttes d'eau… et qui la pointe du doigt.

L'adolescente s'empare du bras de Frank et lui montre les fantômes, dans le même mouvement que celui de son double il y a quelques secondes.

– Qu'est-ce que c'est ? demande-t-elle.

Mais c'est Nix qui lui répond.

– Des bribes de futur. Nous, dans quelques secondes. Cette tour canalise l'énergie à travers les tachyons, des particules qui se déplacent bien plus vite que la lumière.

Casey en a la chair de poule. Elle n'est pas sûre d'avoir envie de voir le futur, même à seulement quelques secondes d'intervalle. Ça a un côté anormal. En levant la tête, elle aperçoit une autre projection d'elle-même en train de se dévisser le cou pour mieux voir. Instinctivement, Casey l'imite et réalise qu'ils sont presque arrivés à la sphère.

La plate-forme se rapproche et Casey ferme

les yeux, convaincue qu'elle va se faire écraser. Lorsque rien ne se passe, elle ouvre prudemment un œil, puis l'autre. Ils se trouvent dans une pièce gigantesque au plafond courbé. Presque tout ici est blanc : le sol géométrique, les murs lisses, même le piédestal au milieu de la salle. La seule chose qui est d'une autre couleur, c'est le grand globe qui le surplombe.

Frank fronce les sourcils comme s'il essayait de comprendre de quoi il s'agit. Nix sourit.

– Nous avons profondément amélioré l'interface, explique-t-il. Même si elle fonctionne toujours avec ton algorithme original.

Casey penche la tête. L'algorithme de Frank ? C'est lui qui a conçu ce machin bizarre ? Pourquoi ? Et quand ?

– Tu veux me montrer quelque chose, Frank ? reprend Nix en agitant la main vers le globe. À toi de jouer.

Frank hésite. Lorsqu'il a amené Casey ici, il ne savait pas ce qu'était devenu Tomorrowland. Il ne savait pas que ce qu'il avait créé, des années plus tôt, serait devenu si différent. Et, honnêtement, ça lui fait peur. Il dévisage Casey. Il ne veut pas le faire, mais s'il n'y a qu'une fraction de chance qu'il ait raison…

Il prend une grande inspiration, avance jusqu'au globe et pose doucement ses mains dessus. Aussitôt, celui-ci s'allume dans un bourdonnement et les lumières de la pièce s'affaiblissent. Frank se tourne vers Casey.

– Choisis un endroit.

– Hein ? bredouille l'adolescente.

– Un endroit, n'importe lequel dans le monde.

Casey regarde Frank. Elle a beau être nerveuse, elle est aussi curieuse.

– Cap Canaveral, déclare-t-elle enfin.

Frank hoche la tête, retourne son attention vers le globe et commence à agiter ses doigts dessus. La pièce autour d'eux semble disparaître. Les murs blancs deviennent brumeux avant de se transformer. Bientôt, le groupe entier se tient dans les nuages au-dessus de la Floride. Ce globe est une machine de réalité virtuelle évoluée !

Un instant désorientée, Casey trébuche et étend les bras pour retrouver son équilibre. Aussitôt, toute sa vision change. Ses mouvements agissent comme une souris sur un ordinateur. Dès qu'elle bouge, le panorama bouge aussi. Ce qui veut dire…

– L'interface est concentrée sur tes mains et le centre de ton crâne confirme Frank.

De plus en plus excitée, Casey baisse les bras.

Aussitôt, ils volent à travers les nuages en direction du sol. Elle sourit, agite la main, et ils se rétablissent juste au niveau de la terre, traversant des jardins, bondissant par-dessus des clôtures. Elle a l'impression d'être dans une carte virtuelle !

Après quelques autres mouvements, Casey ralentit leur vol. Ils arrivent dans son quartier, puis sa maison. La mère de Casey est assise à côté de Nate dans la cuisine. Leurs bouches s'agitent pendant qu'ils parlent, mais aucun son ne filtre. C'est comme si Casey regardait un film en silencieux.

– Qu'est-ce que c'est que ça ? questionne-t-elle finalement.

Sa famille n'a visiblement aucune idée qu'elle est en train de les observer.

– Nous sommes à des millions d'écarts exponentiels de ta dimension, explique Nix. Frank a eu l'idée de construire cette machine pour… rester en contact.

– Ça se passe en ce moment même ? demande Casey, incrédule.

– Oui. Relativement. C'était une blague matheuse, précise-t-il en soupirant devant le regard perplexe de l'adolescente.

Casey hausse les épaules. Humour ou pas, tout ça est super cool. Elle se demande ce qui se produira si elle touche le globe. Incapable de s'en empêcher, elle tend le doigt et caresse doucement l'objet.

À l'intérieur de la maison, les jours défilent. Casey voit sa famille courir dans la maison, à l'envers, à une vitesse folle. L'adolescente sourit. C'est incroyable ! Puis son sourire s'efface et elle retire son doigt du globe.

Elle vient de se voir apparaître à la table de la cuisine, en train de manger ses céréales. Sa famille s'agite autour d'elle. Papa est au téléphone ; Maman prépare les déjeuners. C'est ce qui s'est déroulé il y a trois jours.

– Vous pouvez voir le passé, réalise Casey, tout excitée.

Elle se tourne vers Frank pour lui poser les milliers de questions qui lui brûlent la langue, mais son expression la refroidit aussitôt. Il fixe l'image devant lui, l'air sombre.

– Pas seulement le passé, murmure-t-il.

– Vous plaisantez, souffle Casey.

Elle ne comprend pas pourquoi Frank a l'air si perturbé par leur capacité à voir le futur. C'est le truc le plus incroyable dont elle ait jamais entendu parler ! Tout ce qu'ils pourraient voir, savoir ! Cela lui donne une idée.

Elle agite les mains et le groupe jaillit hors de la maison. Ils s'envolent à une vitesse incroyable, puis Casey les arrête juste devant la plate-forme de lancement. Elle n'a pas changé depuis la dernière fois que la jeune fille l'a vue : abandonnée, à moitié démontée. Mais peut-être que…

Elle touche la sphère dans l'autre sens, cette fois-ci. De nouveau, la scène fait défiler le cours du temps, mais il avance au lieu de reculer. Les jours passent. Des orages cachent le soleil avant qu'il réapparaisse. Sur la plate-forme, des techniciens démontent tout à vitesse accélérée, morceau par morceau. Le soleil continue de se lever et de se coucher alors qu'elle zoome vers le futur. Puis l'image entière disparaît, remplacée par des parasites, comme une télévision qui n'aurait plus de réception.

Casey lâche le globe, surprise.

– Ne t'arrête pas, déclare Nix, le regard glacial.

Il sait ce qui va arriver. Il sait que c'est une catastrophe. Mais Casey doit le voir. Tout le monde doit le voir.

Casey prend une inspiration, troublée, puis caresse de nouveau le globe. Les parasites commencent à se résorber jusqu'à ce qu'ils se retrouvent sur la plate-forme. Sauf qu'elle est désormais complètement démontée. La terre autour est brûlée, mourante. Le soleil est à peine visible à travers de sombres nuages colériques. On dirait un désert nucléaire.

Le cœur de Casey s'emballe tandis qu'une idée affreuse lui vient. Elle agite de nouveau la main pour voler en suivant la côte jusqu'à New York.

La ville est en ruine. Elle voit des gratte-ciel engloutis par de l'eau boueuse tandis que d'autres se sont effondrés comme des dominos. Il n'y a plus un seul repère, pas une seule rue épargnée par la destruction. Le même ciel épouvantable la surplombe.

Non, pense Casey en secouant la tête. *C'est impossible !*

Elle agite frénétiquement les mains pour les amener à une autre ville. Mais, quel que soit l'endroit, le résultat est le même. Le monde est dévasté. Des pluies torrentielles noient les déserts d'Afrique tandis que des tempêtes de sable ensevelissent ce qui était autrefois la mer Morte. La terre tremble, et les éclairs frappent sans interruption. C'est une vraie scène d'apocalypse.

Casey ne réalise pas qu'elle tremble jusqu'à ce qu'elle sente la main de Frank sur son poignet. Il l'écarte doucement du globe.

– Ça suffit, dit-il gentiment.

– Comment ? demande Casey sans pouvoir s'arracher à l'horrible contemplation.

– On ne sait pas exactement, répond Nix. Il pourrait y avoir beaucoup de raisons, un changement climatique catastrophique, une guerre nucléaire... Quelle que soit la cause, elle provoque des niveaux de radiation si élevés qu'ils brouillent notre machine pendant les trois mois qui conduisent à l'Inéluctable.

– Le… l'Inéluctable ? répète Casey en haussant un sourcil.

Elle commence à en avoir assez de ne rien comprendre.

Nix avance en regardant le désert devant lui.

– Ce n'était pas toujours comme ça, explique-t-il. Au début, l'Oracle ne montrait une apocalypse totale qu'une fois sur dix.

Il s'interrompt, le temps que ses mots fassent effet. Casey soutient son regard, l'esprit en ébullition.

– Le temps s'écoulait mais, dès qu'on regardait le futur, quoi qu'on fasse, la probabilité de l'Apocalypse augmentait, continue Nix. Une fois sur cinq. Puis une fois sur deux. Soixante-dix pour cent du temps. Et enfin, c'est devenu tout ce qu'on voyait. Cent pour cent du temps. En termes scientifiques, on appelle ça un résultat probant. En termes usuels ? C'est juste le destin. Dans les deux cas, c'est une certitude.

Casey essaie d'absorber tout ce que vient de dire Nix. Une part d'elle veut croire que ce n'est qu'une cruelle plaisanterie. Mais elle sait que tout ce qu'il a dit est vrai. Ce qui ne lui laisse qu'une question. Elle se tourne vers Frank et demande doucement :

– Quand ?
Cela ne sert à rien de prendre des gants.
– Dans cinquante-huit jours, répond-il.

CHAPITRE SEIZE

Cinquante-huit jours ? pense Casey. *C'est moins de deux mois !*

– Pourquoi est-ce que vous n'en parlez à personne ? demande-t-elle en se tournant vers Frank et Nix qui se parlent à voix basse. La planète entière va mourir et vous restez sans bouger ?

– Eh bien, *nous* n'allons pas mourir, explique Nix en montrant les images autour. C'est *votre* monde, pas le nôtre. Tout ira bien pour nous.

Casey n'en croit pas ses oreilles. Elle refuse de croire à la cruauté de cet homme.

– Pourquoi ne partagez-vous pas ce monde, alors ?

– Parce qu'il ne veut pas, répond Frank à sa place.

– Oh, Frank, soupire Nix en levant les yeux au ciel. Trente ans d'exil et tu n'as toujours pas de meilleur argument. Si on leur avait parlé de cet endroit, la destruction se répandrait ici aussi. Dans ce cas, *personne* ne survivrait.

Casey a échafaudé de nombreux scénarios sur ce qui se passerait en arrivant à Tomorrowland. Aucun d'eux n'impliquait de découvrir que l'apocalypse était proche, ni que tout le monde pourrait être sauvé sans cet homme égoïste et obstiné.

– Si vous ne pouvez pas changer le futur, pourquoi continuez-vous à la regarder ?

– Parce que ça fait partie de l'histoire, jeune fille, déclare Nix avec condescendance. Si on ne l'observe pas, nous sommes condamnés à répéter les mêmes erreurs.

– Mais ça n'est pas encore arrivé.

– En fait, si. C'est juste que tu ne l'as pas accepté, corrige Nix.

Casey sent la colère l'envahir devant cet individu si content de lui, si indifférent.

– Je ne l'accepte pas ! hurle enfin Casey, incapable de contenir sa fureur plus longtemps.

Nix va lui dire que l'espoir est inutile… lorsque cela se produit. Ce qu'il aurait cru ne jamais voir. Un tremblement. Une seconde pendant laquelle la destruction disparaît et le ciel sombre redevient bleu. Un moment de ce qu'il croyait anéanti : l'espoir.

Les yeux de Frank s'illuminent, et Athena sourit. Seule Casey reste déroutée. Elle a vu ce qui vient de se passer, mais n'a aucune idée de ce que cela signifie.

Frank regarde Nix, le sourire jusqu'aux oreilles.

– Ha ! Tu vois ! s'exclame-t-il. Je sais que tu l'as vu ! Qu'est-ce que je te disais ! Cela veut dire qu'il y a une chance ! Que nous pouvons…

Le visage de Nix demeure impassible. Il sort un diapason de sa poche et, avant que quiconque l'en empêche, il touche le front de Frank. L'inventeur semble surpris, puis furieux. Ses jambes se dérobent sous lui et il s'évanouit.

Frank se réveille avec une effroyable migraine dans une petite pièce dotée d'une porte surdimensionnée. Casey et Athena sont assises contre un mur, l'air déprimé.

En le voyant remuer, l'adolescente se lève.

– Oh, salut, dit-elle d'un ton faussement joyeux. Bienvenue parmi les vivants ! Tout est arrangé !

Le bruit accentue la migraine de Frank et il grimace.

– Que s'est-il passé ? parvient-il à articuler.

– Visiblement, l'insupportable génie anglais n'a pas apprécié ce que vous lui avez dit, explique Casey.

Frank se tourne vers Athena pour obtenir une réponse moins teintée de mal-être adolescent.

– Tu es de nouveau banni, annonce-t-elle tranquillement.

– C'est du David Nix tout craché, soupire Frank.

Il a essayé, et échoué. De nouveau. Casey commence à faire les cent pas dans la pièce. Elle n'a aucune envie de plaindre Frank. Elle préférerait qu'on la plaigne, elle.

– Vous savez, persifle-t-elle, lorsque je vous posais des millions de questions, vous auriez pu répondre : « Écoute, Casey, ça n'a aucune importance, parce que notre machine qui prédit le futur nous annonce que nous allons tous *mourir* ! »

– On a glissé quelques indices, observe Athena.

Casey la foudroie du regard. Le robot aurait pu choisir un meilleur moment pour utiliser son programme de sarcasme. Elle fouille dans sa poche et agite le pin's devant le visage d'Athena.

– Pourquoi m'as-tu donné ça ? s'énerve-t-elle.

La petite fille ne répond pas, et la colère de Casey monte. Il y a quelques jours, elle n'avait jamais entendu parler de Tomorrowland. Elle n'était au courant de rien et, même si sa vie n'était pas parfaite, au moins elle ne s'inquiétait pas du futur affreux qu'attendait l'humanité. Et maintenant ?

– Tu m'as montré un endroit qui était incroyable, formidable, et c'était un mensonge. Si tu veux influencer les gens, assure-toi au moins que c'est la vérité. Tu ne peux pas…

Soudain, Casey s'interrompt. Une nouvelle idée la frappe et sa colère s'évapore. Les images des derniers jours défilent dans son esprit.

Elle se souvient de la parabole satellite de la station de télévision. Et de la tour Eiffel avec sa chambre pleine de machines futuristes. Et des multiples câbles de la maison de Frank, tous attachés à des télévisions qui diffusaient des images de l'Apocalypse.

Soudain, tout se met en place, et un sourire se dessine lentement sur le visage de la jeune fille.

– Vous piratiez leur signal. Comment ? demande-t-elle à Frank.

Comme il la regarde sans répondre, le visage vide, elle continue :

– Chez vous. Toutes les télévisions, dans votre « chambre d'apocalypse », montraient des images qui provenaient de l'Oracle, pas vrai ? Comment avez-vous fait ?

– Ce n'est pas compliqué, explique-t-il. Ils l'alimentent avec tellement de puissance en ce moment que même une radio amateur pourrait récupé-

rer le signal. Il suffit de trouver la bonne fréqu...

Frank s'interrompt en réalisant ce qu'il est en train de dire. Il regarde Casey et sourit à son tour. Il commence à comprendre.

– Vous avez obtenu le signal à travers une autre dimension. À partir d'une machine qui se trouvait ici. Ce qui veut dire qu'elle transmet aussi dans notre monde. Peut-être qu'elle ne prédit pas le futur...

– ... mais qu'elle le diffuse, conclut Frank.

Athena sourit dans son coin. Tout finit par s'emboîter, elle en était sûre.

Casey regarde le pin's dans sa main.

– J'ai touché cet objet et, pendant quelques minutes, j'ai eu l'impression que je pourrais tout réussir. Il m'a rempli d'espoir. Alors peut-être que l'opposé existe aussi. Peut-être que l'Oracle n'est qu'un pin's géant...

Elle baisse la voix et termine sa phrase doucement, comme pour elle-même.

– ... qui cherche à convaincre le monde de nourrir le mauvais loup.

Frank et Athena restent muets. Ils laissent Casey suivre son idée jusqu'au bout. Ses yeux s'enflamment lorsqu'elle comprend ce qu'ils ont à faire. Elle prend une grande inspiration.

– Nous devons couper ce truc, assure-t-elle d'un ton franc.

Personne ne parle et, pendant un instant, Casey se demande si elle ne s'est pas trompée. Puis Frank se tourne vers Athena, les yeux humides d'émotion.

– C'est elle, n'est-ce pas ?

– Elle représente la moitié de la solution, confirme Athena en souriant.

Frank en est l'autre moitié. Il l'a poussée dans la bonne direction. C'est grâce à lui si elle est là en ce moment.

Malheureusement, c'est à cet instant précis que la porte s'ouvre et que trois gardes armés pénètrent dans la salle.

CHAPITRE DIX-SEPT

La nuit est tombée sur Tomorrowland lorsqu'on escorte Casey, Frank et Athena vers l'un des portails de Bridgeway. Non loin d'ici, de l'énergie bleue crépite et scintille autour de la tour et de la sphère. Les deux sont à la fois belles et menaçantes.

David Nix se tient devant un grand panneau de contrôle. Il pianote sur les boutons et le portail commence à bourdonner. Bientôt, une île déserte entourée d'eau turquoise surgit de l'autre côté.

– Elle est inhabitée et n'apparaît pas sur les cartes, explique Nix. Je pense que personne ne viendra vous sauver d'ici les deux prochains mois, mais ce sera un bel endroit pour passer vos derniers jours.

Les gardes poussent le groupe vers le portail. Frank et Casey se débattent en tentant d'expliquer à Nix ce qu'ils ont compris.

– L'Oracle agit comme une antenne ! crie Frank. Il ne reçoit pas uniquement des tachyons, il choisit un futur possible et…

L'un des gardes le pousse brutalement, et il trébuche.

– … le transmet, continue Casey. Il l'amplifie comme une boucle de rétroaction….

– C'est une prophétie auto-alimentée, inventée de là-haut ! reprend Frank en montrant la tour.

Il est récompensé d'une nouvelle poussée du garde.

– Ce truc ne nous montre pas seulement la fin du monde… il nous en donne l'idée ! s'écrie Casey en suppliant Nix. Vous devez l'arrêter !

Elle aussi se fait bousculer. Plus que quelques pas et ils plongeront à travers le portail, dans une île au milieu de dieu sait quelle mer.

– Attendez.

La voix de Nix interrompt les gardes. Ils le

regardent pour savoir ce qu'il va leur demander. Le trio se tourne aussi. Nix a-t-il entendu leur théorie ? Vient-il de comprendre ? De voir qu'il y a une solution ? Un moyen d'éviter l'inévitable ? A-t-il finalement un cœur ?

Non. Simplement, il ne peut s'empêcher d'être un Monsieur Je-sais-tout.

– Jeune fille, déclare-t-il avec mépris, malgré ta délicieuse précocité, je vais supposer que tu n'as aucune expérience de la fusion tachyonique, et donc employer des termes que tu peux comprendre.

Il s'arrête, le temps de leur faire sentir que c'est lui qui contrôle la conversation.

– Éteindre la tour couperait l'énergie de toute la ville. Tous les systèmes. Tous les projets. Tout est alimenté par cette tour. Penses-tu vraiment que je vais nous ramener au Moyen Âge pour le caprice d'une adolescente ?

Casey a l'impression de recevoir une gifle. Ce n'est pas un *caprice* !

– Je ne comprends pas, déclare-t-elle enfin. Je ne comprends pas pourquoi vous m'avez amenée ici au départ pour tout m'expliquer. Je vous dis ce que cette tour fait. Je *sais* ce qu'elle fait. Pourquoi est-ce que vous vous en moquez ?

Nix soutient son regard, indifférent à son plaidoyer passionné. Frank, lui, observe cet homme qui a été son mentor, devenu son ennemi. Un génie avec la possibilité de faire tant de bien. Un homme qui a aidé à rendre ce monde magnifique, autrefois. Et, soudain, Frank comprend pourquoi Nix s'en moque. Il n'y a qu'une raison pour laquelle il veut laisser les choses se dérouler de la sorte.

C'est lui qui a tout planifié.

– Il contrôle la tour, affirme Frank pour répondre à la question de Casey.

Nix n'a l'air ni désolé, ni énervé. Parce qu'il n'est ni l'un ni l'autre.

– Supposons que vous puissiez voir le futur et qu'il vous inquiète, déclare-t-il en s'adressant désormais aux trois amis. À qui donneriez-vous cette information ? Aux politiciens ? Aux P-DG ? Comment les convaincriez-vous ? Avec des données ? Des faits ? énumère-t-il avant de secouer la tête. Ils ne vous croiraient pas. Mais que se produirait-il si vous pouviez vous passer d'intermédiaire ? Rentrer dans l'esprit de tout le monde ?

Au fur et à mesure, la voix de Nix devient plus mesurée, plus calme, comme s'il utilisait un argument qu'il a déjà répété mille fois dans sa tête.

– La probabilité d'un anéantissement généralisé ne cessait d'augmenter. Le seul moyen de l'arrêter, c'était de leur montrer le résultat. Quel individu raisonnable ne serait pas choqué par la possible destruction de tout ce qu'il a connu, ce qu'il a aimé ?

En l'écoutant parler, Casey se rend compte que Nix a réellement cru que son plan marcherait. Pour lui, c'était un moyen sûr à cent pour cent de sauver la civilisation. Une tentative désespérée qu'il a jouée à la perfection. Mais il devait savoir que même les meilleurs plans peuvent dérailler, surtout lorsqu'ils impliquent des milliards d'individus.

– Comment a été reçue cette vision ? continue Nix, cette fois énervé. Comment le monde a-t-il répondu à l'image de son extinction prochaine ? Il l'a ACCEPTÉE !

Il regarde Frank, les yeux brillants sous la colère.

Il l'a digérée comme un éclair au chocolat. Il l'a reconditionnée comme un loisir ! Voilà que la fin du monde a du potentiel ! On peut la voir en jeux vidéo, à la télévision, au cinéma, dans les livres ! La planète entière a accepté l'apocalypse et s'est jetée vers elle avec un abandon total !

Casey doit admettre que Nix a raison, malgré sa folie. Les gens ont traité la Terre comme quelque chose qu'ils pouvaient utiliser, jeter, remplacer. Ils forent pour du pétrole alors que la planète se réchauffe. Ils pêchent dans les océans jusqu'à les vider. Ils se battent par l'intermédiaire de drones. Mais Nix se comporte comme si Frank et elle en étaient coupables. Comme s'ils étaient les seuls à avoir précipité la destruction du monde.

Et il n'a pas terminé :

– Vos meilleurs esprits n'ont rien créé, à part des maths incompréhensibles pour voler de l'argent au système sans rien produire ! Les abeilles et les papillons ont commencé à disparaître. Les glaciers fondent, les algues prospèrent. Dans toutes les mines, les canaris meurent, et *vous refusez de regarder la vérité en face* !

Nix parle de plus en plus vite, comme s'il relâchait des émotions et des pensées qu'il a retenues depuis des dizaines d'années.

– Il y a toujours la possibilité d'un monde meilleur, mais vous refusez d'y croire. Et parce que vous n'y croyez pas, vous refusez de faire ce qu'il faut pour le rendre réel. Alors, vous vous résignez à un futur terrible, parce qu'il ne vous demande aucun effort aujourd'hui.

Nix prend une grande inspiration et se calme avant de poursuivre :

– Nous avons vu l'iceberg, nous avons prévenu le *Titanic*. Mais vous avez foncé droit sur lui à pleine vapeur. Pourquoi ? Parce que vous voulez couler. *Vous avez abandonné*. Ce n'est pas la faute de l'Oracle, c'est la *vôtre* !

Le silence s'étend pendant que tous assimilent les mots de Nix. Son jugement a beau être cruel, il n'a pas tort. Accepter la destruction du monde est une solution extrême, mais ils peuvent comprendre comment Nix a fini par devenir fou.

Malheureusement, leur compréhension n'a aucune importance. Nix ne les laissera pas essayer de sauver le monde : il va les envoyer à travers le portail et les laisser mourir avec le reste de leur dimension. Nix s'approche de Frank.

– Merci d'être passé, murmure-t-il. C'était sincèrement un plaisir de te revoir.

Son expression s'adoucit, révélant les vestiges de l'homme qu'il a pu être autrefois. Il tend la main, un peu maladroitement pour quelqu'un qui vient concrètement de condamner Frank à mort.

Ce dernier reste sans bouger puis, lentement, prend sa main dans les siennes.

Casey les regarde, déroutée. Est-ce que Frank va vraiment lui pardonner comme ça ? C'est alors qu'elle remarque le léger mouvement des doigts de l'inventeur. Il pianote discrètement sur la télécommande, au poignet de Nix. Mais celle-ci contrôle...

L'adolescente lève discrètement les yeux. La sphère se met à briller. Frank vient d'activer sa plate-forme.

– Qu'est-ce que tu fais ? gronde Nix en voyant la plate-forme descendre.

– Je n'abandonne pas, explique Frank en lui donnant un grand coup de genou.

Athena propulse Casey contre l'un des gardes, puis en désarme un second qu'elle envoie contre le troisième. En un battement de cils, les gardes sont maîtrisés et le groupe est libre.

– Le truc ! hurle Frank à Athena. Donne-moi le truc !

– Hein ?

Ce n'est pas le moment d'être vague.

– Le *truc* que je t'ai donné quand on est arrivé ici, siffle Frank. Que tu as mis dans ce tiroir...

Nix l'interrompt en lui fauchant les jambes avec une agilité surprenante, puis se concentre sur sa télécommande afin de bloquer la plate-forme. Frank se redresse et tente de le maîtriser.

Pendant que les deux hommes se battent, Athena ouvre son compartiment et en sort la boule de flipper. Frank indique frénétiquement la plate-forme.

– On va détruire l'Oracle ? réalise Casey.

– On dirait, répond Athena, avant de pointer un garde qui gît à côté d'elle. Prends son arme.

L'adolescente se précipite et ramasse le pistolet. Malheureusement, elle ne sait pas s'en servir, et les deux autres se réveillent. Casey commence à paniquer.

Athena, elle, reste calme. Quand l'un des gardes lui saute dessus, le robot se contente d'esquiver et de l'attraper par les jambes. Elle l'envoie dans les pattes du troisième qui la ciblait. Le laser vient heurter le soldat dans les airs, et il se vaporise dans l'instant. Choqué, celui qui vient de tirer a à peine le temps de comprendre qu'Athena le pousse à travers le portail.

Il ne reste plus que le premier garde, qui se bat avec Casey pour récupérer son arme. Dans un grand cri, l'adolescente parvient à arracher le pistolet et met en joue son adversaire. Le garde secoue la tête et remarque trop tard Athena qui le contourne pour l'assommer d'un coup de pied.

Mais la petite fille est déséquilibrée par son attaque. Alors qu'elle lève les bras pour retrouver une position stable la bombe glisse de sa main, et roule sur le sol pour finir sur l'aire d'atterrissage de la sphère.

Cette même sphère qui vient se poser une seconde plus tard.

CHAPITRE DIX-HUIT

Frank ne s'est jamais battu de sa vie, mais la colère lui donne l'énergie d'un boxeur expérimenté. Malheureusement, cela ne suffit pas à vaincre Nix.

L'homme repousse Frank et pianote frénétiquement sur sa télécommande. La plate-forme commence à remonter. Athena en profite pour bondir vers la bombe. Au moment où ses doigts vont se refermer dessus, la pince d'un énorme robot la saisit.

– Casey ! hurle-t-elle en essayant de se dégager. Prends la bombe !

L'adolescente se met à courir, puis glisse dans le trou avant d'attraper la boule. *Ce n'était pas si difficile*, pense-t-elle. *Comme quoi toutes ces années de base-ball auront servi à quelque chose.*

– Monte sur la plate-forme ! hurlent Athena et Frank en chœur.

Le sourire de Casey s'évanouit ; la plate-forme est en train de monter, et elle n'a pas le temps de réfléchir. Elle bondit, se rattrape de justesse au bord et se laisse hisser jusqu'à ce que ses jambes se balancent dans le vide. Elle regarde en bas, et se fige. D'habitude, elle n'a pas le vertige… mais d'habitude, elle n'est pas suspendue à une plate-forme qui monte de plus en plus vite. Elle inspire profondément et se hisse dessus. Elle reprend son souffle, allongée, en observant le combat qui fait rage sous ses pieds.

– Et maintenant ? crie-t-elle en se retenant à la rambarde.

– Arme-la ! hurle Frank en esquivant le poing de Nix.

Sérieux ? Il s'imagine peut-être qu'elle a suivi des cours d'armement de boule de flipper explosive ? Elle n'est qu'une ado, bon sang !

Avant qu'elle puisse râler, Frank fonce sur Nix et le tacle comme un pilier de rugby.

Ils perdent tous les deux l'équilibre et atterrissent… sur du sable ! Ils ont traversé le portail et se retrouvent sur l'île tropicale, au milieu de l'océan.

Frank remarque que le portail est toujours là et aperçoit Casey, qui est terrifiée. Elle se tient sur la plate-forme, tournant et retournant la boule dans sa main, comme si des instructions allaient y apparaître. Mais il n'est pas le seul à voir l'adolescente. Nix, qui a analysé la situation, tend la main vers sa télécommande. Frank bloque son geste, et ils reprennent leur corps à corps.

Casey s'approche de plus en plus de l'Oracle, et ses supposés amis sont trop occupés pour l'aider. En baissant les yeux, elle voit Athena arracher un panneau dans le bras de métal du robot qui l'avait attrapée, et enfoncer sa main à l'intérieur. Des étincelles jaillissent et les pinces s'ouvrent dans un grincement de métal.

Whoosh !

Casey glisse au sol, l'estomac retourné alors que la plate-forme descend sous ses pieds. Puis elle remonte. Puis redescend. Elle répète ce mouvement de va-et-vient pendant que Casey tente de ne pas tomber – et se retient de vomir. Le combat entre Frank et Nix bat son plein. Ils ont tous les deux la main sur la télécommande et pressent tous les boutons dans leur lutte.

Si jamais je m'en sors, grogne Casey, *c'est moi qui finirai par tuer Frank !*

Enfin, la plate-forme se stabilise. Sur la plage, Frank vient de s'emparer fermement de la télécommande. De nouveau, Casey s'élève vers la sphère. Il reste toujours un problème, cela dit...

– Je ne sais pas comment l'armer ! hurle-t-elle en direction d'Athena.

La petite fille fait du rodéo sur le dos d'un autre robot géant.

– Prends-le dans les deux mains et tourne ! crie-t-elle en arrachant un câble exposé sur le cou de son adversaire.

– Super plan, maronne Casey en regardant le robot foncer dans un de ses semblables avant d'atterrir sur la plage avec fracas. J'arme la bombe, et je me débrouille pour le reste.

C'est clair, tout va bien se passer...

C'est alors qu'une énorme vague d'énergie jaillit autour d'eux. Des images du futur défilent autour de la plate-forme. L'une d'entre elles représente Casey en train de tourner la boule et de la lancer comme une grenade vers la sphère.

– Merci, moi-du-futur, sourit la jeune fille.

Elle manipule la boule comme l'a fait son double, et un petit écran apparaît. Il y est écrit : ARMÉ. Le compte à rebours commence à 60. Casey prépare son lancer et…

… aperçoit une nouvelle image d'elle. La Casey du futur est en train de tomber de la plate-forme en hurlant avant de disparaître.

– Oh oh, a-t-elle le temps de dire.

La plate-forme fonce vers le sol et l'adolescente se met à hurler. Elle se raccroche désespérément à la rampe et la boule glisse de sa main.

Toujours perchée sur le dos du robot, Athena replonge sa main dans le panneau de contrôle de son adversaire et presse plusieurs boutons. Le robot se dirige alors vers l'aire d'atterrissage. Il tend les bras et attrape la plate-forme au moment où elle va s'écraser.

47… 46… 45…

Le compte à rebours continue. Le bras du robot commence à plier, incapable de retenir un tel poids. Athena bondit loin du géant de métal au moment où la plate-forme vient l'écraser. Casey a sauté juste à temps, elle aussi. Elle gît sur le sol, haletante. C'était moins une.

Devant elle, la boule glisse et s'arrête juste devant son nez.

Frank commence à penser que cela va mal finir. Nix s'entête à vouloir se servir de la télécommande et, même s'il est de plus en plus fatigué, il ne doit pas le laisser faire.

C'est alors que le robot géant tombé sur la plage se redresse. Il glisse sur le sable et se hisse vers le portail. Il passe sa main, puis sa tête, puis son torse…

WHAM !

Le portail se referme et tranche le robot en deux. Les jambes de métal tombent sur la plage et cessent de bouger. Frank et Nix arrêtent de se battre, réalisant la même information : le portail est fermé. Ils sont donc seuls sur cette île. Coincés pour toujours... ou jusqu'à la fin du monde, dans cinquante-huit jours.

Les deux hommes restent les bras ballants, abasourdis. Puis Frank se met à rire.

– Ce n'est PAS drôle ! gronde Nix, furieux.

Mais Frank se contente de rire plus fort. La situation est tellement… comique.

– Au contraire, c'est la définition même de *drôle*, corrige-t-il entre deux éclats de rire.

Nix regarde autour de lui, comme pour espérer que quelqu'un apparaisse et confirme que Frank a perdu la tête et que lui-même a raison, comme toujours. Mais il n'y a personne. Il n'y aura jamais personne ici. Et Nix se rend finalement compte que Frank a raison. C'est drôle. C'est même complètement absurde. Un léger sourire se dessine sur son visage.

Et le portail s'ouvre de nouveau.

– Frank ! crie Athena de l'autre côté. Sors de là !

Aussitôt, les deux hommes se précipitent, se bousculant mutuellement. Mais ils ne courent pas assez vite. Dans la main de Casey, la bombe continue son compte à rebours mortel.

10… 9… 8…

– Comment j'arrête ce truc ? crie-t-elle à Athena.

– Tu ne peux pas ! répond la petite fille. Tu dois t'en débarrasser !

Casey regarde Athena, puis le portail grand ouvert derrière elle. Voilà ce qu'elle veut dire ! Il n'y a pas le choix. Elle prend son élan et lance la bombe aussi fort qu'elle le peut. L'objet traverse le portail et atterrit dans le sable, près de Frank et Nix.

5… 4… 3…

Au dernier moment, les deux hommes parviennent à franchir le portail et Athena appuie sur un bouton. La porte commence à se fermer.

BOUM !

La bombe explose finalement sur la plage d'une île au milieu de nulle part. Une partie de la déflagration franchit le portail avant qu'il ait pu se fermer complètement, et tout le monde est soufflé par l'arrière.

Puis l'univers revient à la normale.

Casey reste allongée au sol, le temps de vérifier que tous ses membres sont intacts. Puis, elle se redresse lentement et regarde autour d'elle. Frank se relève, un peu écorché mais en vie.

Athena va bien, aussi. Nix, par contre, n'a pas eu autant de chance.

L'onde de choc a fait tomber le portail, qui s'est écrasé sur lui. Il est coincé, mais il n'a toujours pas abandonné. Il ne veut qu'une chose : que Frank disparaisse. Pour toujours. Il aperçoit un pistolet laser et l'attrape.

– Walker ! crie-t-il.

Frank se retourne. Il fronce les sourcils en voyant l'arme, avant que Nix presse sur la détente. Un rayon jaillit du canon et frappe Frank de plein fouet. Celui-ci est projeté en arrière et s'effondre sur le sol. Mort.

CHAPITRE DIX-NEUF

– Non ! crie Athena.

Sa voix se brise. Elle s'est retournée au même moment que Frank, mais elle n'a pas réussi à stopper Nix. Et maintenant, Frank est mort.

Soudain, quelque chose d'étrange se produit. Le corps de Frank se déforme, puis disparaît. Athena en reste bouche bée. Ce n'était pas vraiment Frank, mais le Frank du futur ! Nix ne lui a pas encore tiré dessus ! Elle a le temps d'agir.

Frank est en train d'aider Casey à se relever. De nouveau, Nix crie son nom. De nouveau, l'inventeur se tourne et voit le danger au moment où l'homme appuie sur la détente. De nouveau, le rayon laser file droit sur lui.

Mais cette fois, Athena se jette devant le tir qui la frappe de plein fouet. Projetée en arrière, elle heurte Frank et tous deux tombent au sol. Du liquide sombre, qui ressemble à de l'huile de moteur, commence à couler du trou dans sa poitrine. Des circuits exposés grésillent et projettent des étincelles.

– Non !

Cette fois-ci, c'est Frank qui hurle en regardant Athena, désespéré. Elle n'a pas hésité à le protéger. Elle s'est sacrifiée.

Il n'arrive plus à réfléchir. En regardant son corps, il ne sait plus quoi faire. Elle a toujours été celle qui l'aidait à comprendre. Il ne pense qu'aux mots qu'ils n'ont jamais prononcés. Puis, il secoue la tête et prend une grande inspiration. Il peut tout arranger. Il ne la laissera pas mourir. Il la réparera, puis ils répareront le monde.

Il la ramasse et commence à courir, Casey sur ses talons.

– Comment elle va ? demande-t-elle, les yeux humides, en voyant le fluide qui continue à se répandre.

– Je dois l'amener à un module de réparation, répond Frank sans se retourner. Il y en avait un près de…

– Frank, arrête.

Il se rend compte que les yeux d'Athena sont ouverts. Elle le regarde, et elle sait. Elle ne peut pas être réparée.

– Je suis en train de m'éteindre, souffle-t-elle lorsque Frank la pose sur le sol. Je vais perdre ma synchronisation.

Son corps tremble pendant que ses circuits s'éteignent les uns après les autres. Ses lèvres ne bougent plus au rythme de ses mots, sa voix commence à perdre son humanité. La honte se lit sur son visage lorsqu'elle voit Frank l'observer avec pitié.

– Ne me regarde pas comme ça, dit-elle d'une voix devenue robotique. Il y a des choses que je dois te dire avant ma… avant que le programme ne s'enclenche.

Frank refoule ses larmes. Il sait ce que ce programme va faire. Elle va s'autodétruire.

– Je suis une machine, poursuit Athena d'une voix faible. Je ne savais pas ce qu'il y avait de mal à ça, jusqu'à ce que je voie ton expression quand tu l'as découvert.

–Je l'ai toujours su, essaie de plaisanter Frank. Mais son sourire meurt sur ses lèvres.

– Tu mens, répond-elle.

Sa bouche ne bouge plus, mais il l'entend toujours bien. Puis une autre voix féminine résonne d'un haut-parleur dans les circuits d'Athena, comme si elle était devenue une poupée de ventriloque.

– Échec des systèmes. Activation des dernières pensées enregistrées pour Frank Walker. Organisation des pensées non communiquées par ordre d'importance et de pertinence.

Frank n'arrive plus à respirer. Dans ses bras, Athena s'effondre. Elle ne peut plus qu'écouter. Écouter, et voir sa réaction en entendant des mots qu'elle a enregistrés il y a des dizaines d'années. Elle espère que cela suffira. Ce sera son seul adieu.

– Enregistrement 15 : septembre 1965, annonce la voix automatique. Frank Walker me regarde d'une manière étrange. Il me paraît essentiel de lui expliquer que je suis un audio-animatronic, mais le Gouverneur Nix considère que cela invaliderait l'expérience.

Soudain, un rayon de lumière jaillit des yeux d'Athena et des images apparaissent devant elle.

Ses mémoires visuelles se sont déclenchées. Elles défilent comme un album photo.

– Athena…, murmure Frank.

Il veut lui dire tant de choses, mais elle lui lance un regard acéré. Elle a beau ne plus pouvoir parler, ses yeux lui demandent clairement d'écouter la suite.

– Mais Frank est différent, continue la voix. J'ai peur qu'il soit affecté lorsqu'il apprendra que je ne suis pas humaine. Il a du potentiel. Je ne veux pas l'abîmer. Il est ma meilleure recrue.

L'enregistrement s'interrompt un instant, puis recommence en octobre 1965.

– Quand je pense à Frank Walker, je ressens d'étranges émotions. Je suspecte une erreur dans mon interface d'empathie. Je devrais le signaler, mais je ne l'ai pas fait. Je ne peux expliquer pourquoi.

Frank sursaute. Il a toujours cru qu'elle n'avait aucune émotion. Mais ce n'était pas le cas. Elle avait des sentiments pour lui. Elle ne pouvait simplement pas comprendre lesquels. Une nouvelle vague de tristesse l'envahit alors qu'il réalise à quel point il a eu tort.

Une autre vidéo apparaît devant lui. Un Frank âgé d'une vingtaine d'années est en train de hurler, furieux.

– 24 avril 1984. Frank Walker s'en va. Il dit que je l'ai trahi. Il dit qu'il a perdu l'espoir. Et il me tient pour responsable de lui en avoir donné. Je ne comprends pas. Il dit que je ne comprendrai jamais parce que je ne ressens pas la colère, ou la déception… ou l'amour.

L'enregistrement se termine et les images disparaissent. Il ne reste plus que Frank et Athena. Elle ne peut plus rien dire, il ne sait pas *quoi* dire. Tous deux souffrent.

Étendue dans ses bras, Athena regarde Frank. Elle essaie de lui transmettre tout ce qu'elle a à dire par le regard. Mais elle n'y parvient pas ! Avec ses dernières forces, elle plonge la main dans le trou de sa poitrine et commence à presser les câbles et les rouages défectueux. Frank la regarde faire, déconcerté. Il voit soudain sa bouche s'ouvrir. Elle a trouvé un moyen de prononcer quelques mots de plus.

– Je suis connectée aux émotions, Frank, souffle-t-elle, sa voix de nouveau humaine et familière. Je ne sais pas ce qui sépare les sentiments de la programmation, mais ne méprise pas ainsi mon programme. J'ai été conçue pour trouver des rêveurs. Je t'ai trouvé… et je t'ai perdu.

Sa voix hoquette ; elle a de plus en plus de mal à parler.

– Casey… elle est comme toi. Tuuuu le voiiis, pas vrai ?

Frank hoche la tête.

– Les rêveurs doivent se ssseeerrrreer les couuudes.

Elle lutte pour se redresser dans les bras de Frank et sourit.

– Ce n'est pas ma programmation, c'est personnel.

Cette seule phrase efface des années de douleur et de colère chez Frank. Le petit garçon qui est tombé amoureux d'Athena n'était pas un idiot. Elle l'a aimé en retour. Il n'a simplement pas compris de quelle manière. Une seule larme coule le long de sa joue alors qu'il pleure ce qu'il a perdu.

– Tu sais ce que tu as à faire, Frank, dit Athena.

Il suit son regard jusqu'à ce qu'ils puissent voir tous les deux l'énergie qui crépite de l'Oracle.

– Réussis, cette fois.

Sur ces derniers mots, un bip se fait entendre. Son programme d'autodestruction vient de s'enclencher.

Derrière lui, Casey renifle, les joues baignées de larmes. Elle sait, elle aussi, ce que Frank doit faire, et elle sait que ça lui brisera de nouveau le cœur. Mais ils doivent amener Athena sur l'Oracle avant qu'elle explose. Elle est leur dernier espoir. Casey sourit tristement devant cette ironie. Athena a passé tellement de temps à trouver des gens pour sauver le monde… et c'est elle qui va le faire.

Il n'y a plus beaucoup de temps. Frank montre une rangée de jetpack à Casey. Ils en enfilent chacun un. Puis, il se penche et prend Athena dans ses bras.

– Tu veux connaître un secret ? demande-t-il.

– Bien sûr, souffle faiblement le robot.

– J'ai le vertige.

En réponse, Athena réagit comme elle ne l'a jamais fait de sa vie. Elle rit. Un véritable rire. Ça aura pris des dizaines d'années à Frank, mais il sera finalement parvenu à la faire rire. Et c'est le son le plus magnifique qu'il ait jamais entendu. Il allume le jetpack, puis s'élève dans le ciel étoilé. Il est temps de finir ce qu'ils ont commencé.

Ils montent haut, très haut, baignés par l'énergie de l'Oracle, jusqu'à ce qu'ils flottent enfin au-dessus de l'énorme sphère. Dans ses bras, Athena bipe de plus en plus vite. Leurs regards se croisent au moment où le bruit devient continu.

Avec un dernier sourire triste, Frank laisse Athena lui échapper.

Elle tombe, étrangement gracieuse, et disparaît dans la sphère. Une seconde plus tard, une onde d'énergie brûlante jaillit du centre de l'Oracle. L'onde se transforme en vague gigantesque qui projette Frank vers le sol, comme s'il s'agissait d'un insecte qu'on chasse de la main. Il vient s'écraser dans une fontaine au milieu d'une gerbe d'eau.

– Frank ! s'écrie Casey.

Elle bondit jusqu'à la fontaine et avance vers le corps immobile.

Non ! hurle-t-elle intérieurement.

Hors de question qu'elle perde Frank aussi. Elle le sort de l'eau et essaie de le réveiller.

– Hé ! Hé !

Il ne bouge pas. Elle le gifle de toutes ses forces. Il ouvre enfin les yeux.

– Aïe ! proteste-t-il.

Un bruit de tonnerre recouvre sa voix. L'Oracle est en surcharge. L'air grésille et crépite autour de la sphère, de plus en plus fort, de plus en plus vite jusqu'à ce que, d'un seul coup, tout s'arrête. L'Oracle s'éteint comme une ampoule grillée.

Puis il tombe du ciel.

Toujours coincé sous le Portail, Nix a regardé avec horreur Frank et Athena détruire en un instant l'œuvre de sa vie. Désormais il voit cette même œuvre lui tomber dessus… et l'écraser.

Les machines s'arrêtent les unes après les autres. Les robots s'immobilisent, sans vie. Les lumières de la ville se coupent. Tout ce qui dépendait de la sphère arrête de fonctionner.

Tomorrowland vient de s'éteindre.

Debout au milieu de la ville, Frank et Casey regardent en silence les conséquences de leurs actes. C'est une victoire amère pour Frank. Tomorrowland a été son foyer durant des années, et son rêve pendant plus longtemps encore. C'est là qu'il a grandi, qu'il a rencontré Athena. Il a beau savoir qu'il n'avait pas le choix, cette destruction le touche.

La victoire est tout aussi amère pour Casey. Elle a voulu rejoindre Tomorrowland depuis qu'Athena a glissé le pin's dans son sac. Et même si elle y est enfin arrivée, elle n'a jamais vraiment pu voir cet endroit rêvé, ni le comprendre.

Frank finit par se tourner vers elle.

– Et maintenant ? demande-t-il.

– Vous me posez la question, à moi ? bredouille-t-elle.

– C'était ton idée, gamine.

Casey sourit malgré sa tristesse. Il a raison. C'était son idée. Ce qui lui fait penser…

– Comment est-ce qu'on sait si ça a marché ?

– On ne le sait pas, répond Frank en haussant les épaules. Mais, hé, on peut toujours espérer !

Casey hoche la tête. Espérer, c'est une bonne chose.

ÉPILOGUE

59 jours plus tard.

Casey Newton est allée voir la plateforme de lancement toutes les nuits pendant cinquante-huit jours. Elle ne sabote plus le matériel. Désormais, elle se contente de se tenir près de la grille qui entoure la rampe de lancement, et d'observer le ciel. Parfois, lorsque le soleil se couche et que l'endroit se pare d'orange et de pourpre, elle réussit à oublier les images de destruction de l'Oracle. D'autres fois, elle ne voit que ça.

De temps en temps, elle amène son père en espérant qu'elle parviendra à lui raconter ce qui s'est passé. Mais jusqu'ici, elle n'a pas réussi.

Cette nuit-là, lorsque le soleil disparaît à l'horizon et que le ciel s'illumine, Casey et son père se rapprochent de la barrière comme tant de fois auparavant. Phil regarde la plate-forme, puis sa fille.

– Tu ne vas pas me dire pourquoi nous n'arrêtons pas de venir ici, n'est-ce pas ? plaisante-t-il.

– Non, réplique Casey en souriant.

Ce n'est pas la première fois qu'ils ont cette conversation ; mais elle espère que ce sera la dernière.

– Tu te rends compte que c'est cruel d'amener quelqu'un à l'endroit où il s'est fait licencier ? observe Phil.

Casey hoche la tête. Oui, elle en a conscience.

– Au moins, elle est toujours là, dit-elle en montrant la plate-forme.

Ils font volte-face en entendant un bruit de gravier. Une vieille voiture poussiéreuse s'approche et se gare juste à côté du véhicule des Newton. La porte s'ouvre, et Frank Walker en sort.

Mais ce n'est plus l'homme échevelé et grognon que Casey a rencontré dans sa ferme. Il n'avait plus d'espoir, son cœur s'était endurci. Aujourd'hui, Frank s'est rasé, lavé, et ses yeux brillent. Il est plus vivant que jamais, et elle ne peut s'empêcher de sourire.

– Bonsoir, salue Frank comme s'il n'avait jamais rencontré Casey avant.

– Bonsoir, répondent en chœur la jeune fille et son père.

Casey perçoit la confusion de Phil. Qui d'autre qu'eux viendrait jusqu'ici pour regarder une vieille rampe de lancement ?

– C'est la plate-forme, hein ? poursuit Frank. J'ai entendu dire qu'ils allaient la démonter.

– Oui, ils devaient, sourit Casey. Quelqu'un les a probablement fait changer d'avis.

Frank hoche la tête et lui rend son sourire. Oui, probablement. Et en parlant de changement…

Il lève son bras pour dévoiler une montre digitale avec un compte à rebours. 13, 12, 11…

– J'ai failli ne pas arriver à l'heure.

Casey montre son propre poignet. Elle aussi porte une montre, parfaitement synchronisée avec celle de Frank.

4, 3, 2, 1…

BIP !

Rien ne se passe. Les oiseaux chantent toujours, le soleil se couche, la brise souffle. Tout est calme.

– Nous avons réussi, souffle Casey.

Les deux amis échangent un sourire ravi. Phil les regarde avant de hausser un sourcil.

– Je suis désolé, demande-t-il, perplexe. Est-ce que vous vous connaissez ?

– Tout à fait. Votre fille m'a sauvé la vie.

Frank tend la main et se présente.

Phil ne comprend toujours pas ce qui se passe. Comment Casey lui a-t-il sauvé la vie ? *Quand* ? Pourquoi est-il ici et, le plus important, qu'ont-ils *réussi* ?

Bien conscient des pensées qui doivent tourbillonner dans l'esprit de Phil Newton, Frank reprend :

– Il paraît que vous êtes ingénieur à la NASA. Eh bien, votre fille a échangé avec moi quelques idées pour un nouveau projet. Nous n'étions pas certains que cela fonctionnerait, mais c'est le cas, et votre aide nous serait précieuse.

Phil regarde sa fille, qui sourit jusqu'aux oreilles. Il ne comprend rien, mais l'excitation de Casey est contagieuse. Lorsque Frank lui demande s'il cherche un emploi, il acquiesce aussitôt.

À côté de lui, Casey tape des mains. Ça y est, c'est le début d'une nouvelle aventure ! Ils vont reconstruire Tomorrowland pour en faire ce qu'il *aurait dû* être. Ils vont trouver les meilleurs esprits, les plus brillants, dans le monde entier. Des esprits pleins d'espoir, comme celui de Casey. Et, comme l'a fait Athena, ils les recruteront. Ils trouveront des musiciens et des inventeurs, des architectes aux méthodes originales, des agriculteurs, des scientifiques. Tous obtiendront un pin's.

Et lorsqu'ils tiendront ces pin's, ils se retrouveront dans un champ de blé et découvriront un monde au-delà de leur imagination. Un monde qu'ils voudront créer. Ensemble, ils ressusciteront Tomorrowland. Ils changeront le destin du monde entier.

Et Casey a hâte de s'y mettre.

TABLE

PAPIER À BASE DE FIBRES CERTIFIÉES

hachette s'engage pour l'environnement en réduisant l'empreinte carbone de ses livres. Celle de cet exemplaire est de :
300g éq. CO_2
Rendez-vous sur www.hachette-durable.fr

Photogravure Nord Compo - Villeneuve-d'Ascq

Imprimé en Roumanie par G. Canale & C. S.A.
Dépôt légal : mai 2015
Achevé d'imprimer : avril 2015
56.0012.9/01 – ISBN 978-2-01-252686-0
Loi n° 49956 du 16 juillet 1949
sur les publications destinées à la jeunesse